작가로 산다는 것

작가로 산다는 것

이상, 김동인 외

나는 아직도 글쓰기가 힘들다

루이앤휴잇

글을 쓴다는 것, 작가로 산다는 것…
그 어려움과 고통, 성찰의 고백

많은 이들이 글쓰기를 겁내고 어려워한다. 심지어 두렵다는 이 또한 적지 않다. 그렇다면 글쓰기를 직업으로 삼는 문인들은 과연 어떨까.

그들 역시 글쓰기가 어렵고 힘든 것은 마찬가지인 듯하다. 다만, 그들은 글쓰기 자체보다는 상상력과 철학, 글재주가 부족한 데서 오는 자신의 글 실력을 매우 부끄러워했다. 심지어 〈벙어리 삼룡이〉를 쓴 나도향 같은 이는 "무엇을 쓴다는 것이 죄악 같을 뿐"이라고 말하기도 했다.

"나는 이를 하나의 모험이라고 부르고 싶다. 마치 지리학자나 탐험가가 약간의 모험심과 상상만을 가지고 미지의 길을 떠나는 것과 같기 때문이다. 지금 시작한 첫 구절, 그 뒤에는 과연 어떤 이야기가 이어질지 써 보지 않고서는 도저히 알 수 없다. 거기에 또 얼마나 불충실함과 무성의함, 철저하지 못함이 있을지는 나 자신도 모른다. … (중략) … 그것을 다시 읽을 때의 부끄러움이란 다시 말할 여지가 없다. 그러다 보니 글을 한 번 쓴 뒤에는 다시 읽어 보는 경우가 극히 드물다. 만일 이처럼 창작 생활이 계속된다면, 나는 그 창작이라는 것을 내버려서라도 양심의 부끄러움을 잊고 싶다. … (중략) … 그 때문에 펜을 잡는다는 것이 잘못이라는 생각마저 든다. 그러니 아직 수양해야 할 내게 어떤 요구를 하는 이가 있다면 그것만큼 무리한 일이 없을 것이요, 나 자신이 창작가나 문인을 자처한다면 그것만큼 건방진 소리가 없을 것이다. 어떻든, 무엇을 쓴다는 것이 죄악 같을 뿐이다."

〈운수 좋은 날〉의 작가 현진건 역시 글쓰기의 어려움에 관해서 다음과 같이 토로했다.

"펜을 들고 원고를 대하기가 무시무시할 지경이다. … (중략) … 무딘 붓끝으로 말미암아 지긋지긋한 번민과 고뇌가 뒷덜미를 움켜잡는다."

이렇듯 글을 쓴다는 것, 작가로 산다는 것은 수많은 어려움과 고통을 동반한다. 그것이 얼마나 어렵고 힘든지는 겪어본 사람만이 알 수 있다.

이 책은 나도향, 현진건, 김동인, 이효석 등 우리 문학사의 내로라하는 작가들이 처음 책을 접했던 유년 시절의 기억부터 문학청년 시절을 거쳐 본격적인 작가의 길을 걸으면서 겪은 숨겨진 일화 및 동료 문인과의 추억, 자신의 작품과 삶에 관한 내밀한 고백을 담고 있다. 마치 한 편의 흑백 영화처럼 펼쳐지는 그들의 지난한 삶과 추억은 그들이 글을 쓰면서 느꼈을 절절한 고뇌와 아픔을 전달하기에 전혀 부족함이 없다. 이를 통해 그들이 한 편의 작품을 쓰기 위해 얼마나 고민하고 노력했는지 알 수 있는 것은 물론 작가로서 살아가는 일의 힘겨움과 고통에 대해서 공감할 수 있다. 또한, 그런 절차탁마의 과정을 통해 탄생한 작품 및 자신에게 엄했던 그들의 민낯과 마주하게 된다.

근대 문학 태동기에 예술지상주의를 꿈꾸며, 사실주의 문학을 개척했던 소설가 김동인. 그는 문단 생활 20년을 맞아 작가로서의 고달픈 삶에 관해서 이렇게 말한 바 있다.

"생활을 위해서 어쩔 수 없이 들어야만 하는 문필! 거기에는 개성도 없고, 독창도 없다. 자기를 굽히고, 자기의 존재를 망각하게 된다. 그 결과, 갖은 욕과 비방만 얻게 될 뿐이다. 그러니 문예는 밥을 먹기 위한 노력이 아닌 자기의 이상과 개성을 표현하는 일종의 취미로써 생각함이 지당하다."

그는 문학을 해서는 먹고 살 수 없음을 매우 안타까워했다. 이에 문학의 길을 걷고자 하는 이들에게 다음과 같은 조언을 남기기도 했다.

"붓으로 밥을 먹고 살기는 참으로 어려운 일이다. 그 때문에 나는 문학청년들에게 생활의 토대가 없거든 문인 되기를 바라지 말고, 혹시 문인이 되었다고 할지라도 문필로써 밥을 먹고 살아갈 생각은 하지 말라고 부탁하고 싶다."

그들은 문학의 길을 가려는 후배들에게 등단 그 자체보다는 이후에 더 노력을 기울여 자기만의 세계를 가꿀 수 있어야 한다며 입을 모은다. 나아가 수십 년 동안 글을 써왔고, 대가로 인정받았음에도 끝까지 자신을 낮췄다. 무릇, 그들의 힘은 거기서 나오는 것이 아닐까.

나는 이를 하나의 모험이라고 부르고 싶다. 마치 지리학자나 탐험가가 약간의 모험심과 상상만을 가지고 미지의 길을 떠나는 것과 같기 때문이다. 지금 시작한 첫 구절, 그 뒤에는 과연 어떤 이야기가 이어질지 써 보지 않고서는 도저히 알 수 없다. 거기에 또 얼마나 불충실함과 무성의함, 철저하지 못함이 있을지는 나 자신도 모른다.

… (중략) … 그것을 다시 읽을 때의 부끄러움이란 다시 말할 여지가 없다. 그러다 보니 글을 한 번 쓴 뒤에는 다시 읽어 보는 경우가 극히 드물다. 만일 이처럼 창작생활이 계속된다면, 나는 그 창작이라는 것을 내버려서라도 양심의 부끄러움을 잊고 싶다.

… (중략) … 나로서는 무엇을 깨닫고, 느끼고, 사색하는 것이 아직 많이 부족하다. 그 때문에 펜을 잡는다는 것이 잘못이라는 생각마저 든다. 어떻든, 무엇을 쓴다는 것이 죄악 같을 뿐이다.

＿나도향, 〈쓴다는 것이 죄악 같다〉 중에서

| 차 례 |

| 프롤로그 | 글을 쓴다는 것, 작가로 산다는 것… 그 어려움과 고통, 성찰의 고백

Part 1 작가로 산다는 것 — 쓴다는 것이 죄악 같다

나의 문단 생활 20년 회고기 __김동인   015

쓴다는 것이 죄악 같다 __나도향   020

문학을 나처럼 해서는 안 된다 __채만식   024

십 년 전 __김남천   027

혈흔 __최서해   032

그리운 어린 때 __최서해   038

문학적 자서전 __계용묵   041

나의 소설 수업 __계용묵   049

내 붓끝은 먼 산을 바라본다 __계용묵   056

나의 수업 시대 __이효석   058

첫 고료 __이효석   067

작가 단편 자서전 __이효석   071

첫 기고의 회상 __ **현진건**　　　075

시문학 시절 __ **노천명**　　　077

나의 이십 대 __ **노천명**　　　080

자서소전 __ **강경애**　　　083

자서소전 __ **백신애**　　　085

Part 2 글을 쓴다는 것 ― 쓸 때의 유쾌함과 낳을 때의 고통

쓸 때의 유쾌함과 낳을 때의 고통 __ **현진건**　091

면회사절 __ **최서해**　　　094

나의 예술 생활과 고독 __ **노자영**　　　100

문학을 버리고 문화를 상상할 수 없다 __ **이 상**　103

사진 속에 남은 것 __ **김기림**　　　108

소설을 쓰지 않는 이유 __ **채만식**　　　111

시와 일상생활 __ **이병각**　　　123

병상의 생각 __ **김유정**　　　126

작가의 생활 __ **김남천**　　　138

계란을 세우는 방법 __ 김남천　　　143

Part 3 작가 생활의 회고 — 문학과 벗을 추억하다

나의 생활백서 __ 노천명　　　153

시골뜨기 __ 노천명　　　161

나는 바쁘다 __ 이광수　　　168

나의 유년 시절 __ 강경애　　　175

은둔 생활의 우울 __ 여운형　　　178

소설가란 직업 __ 계용묵　　　181

고 이상의 추억 __ 김기림　　　186

이상의 편모 __ 박태원　　　192

유정과 나 __ 채만식　　　201

박용철과 나 __ 김영랑　　　203

효석과 나 __ 김남천　　　209

원저자 소개

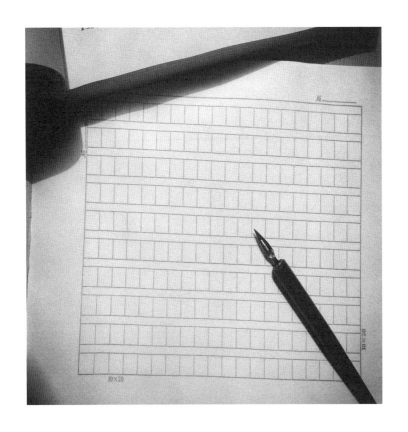

생활을 위해서 어쩔 수 없이 들어야만 하는 문필! 거기에는 개성도 없고, 독창도 없다. 자기를 굽히고, 자기의 존재를 망각하게 된다. 그 결과, 갖은 욕과 비방만 얻게 될 뿐이다. 그러니 문예는 밥을 먹기 위한 노력이 아닌, 자기의 이상과 개성을 표현하는 일종의 취미로써 생각함이 지당하다.

__ 김동인, 〈나의 문단생활 20년 회고기〉 중에서

Part1 작가로 산다는 것

쓴다는 것이 죄악 같다

김동인 | 나의 문단 생활 20년 회고기

나도향 | 쓴다는 것이 죄악 같다

채만식 | 문학을 나처럼 해서는 안 된다

김남천 | 십 년 전 ― 작가 생활의 회고

최서해 | 혈흔

문학적 자서전 | 계용묵

나의 수업 시대 ― 작가의 올챙이 시절 이야기 | 이효석

첫 고료 | 이효석

첫 기고의 회상 | 현진건

시문학 시절 | 노천명

자서소전 | 강경애

자서소전 | 백신애

나의 문단생활 20년 회고기

김동인

나는 어찌하여 문인이 되었는가? 어찌하여 하고많은 직업 중에 말 많고 까다로운 문필업을 택하게 되었는가?

이것은 나도 알 수 없는 한 가지 수수께끼다. 그러나 생각해보면 나의 성격과 취미가 나를 이곳으로 몰아넣은 듯하다.

나는 어려서부터 글 읽기를 좋아하였다. 특히 고담(古談, 옛날이야기), 동화, 소설─이러한 종류의 책을 퍽 좋아하였다. 이미 팔, 구세 때 소품(小品, 생활 주변의 소소한 이야기를 가볍게 풀어낸 글) 혹은 노래(노랫말) 같은 것을 직접 써서 당시 《기독신보》에 게재하였으니, 이것으로 보아 내가 어려서부터 문예에 취미를 가진 것을 짐작할 수 있다.

동경으로 건너가 명치중학(明治中學)에 다니면서부터 문예 서적을 본격적으로 읽기 시작했는데, 그중에서도 소설을 특히 좋아하여 서양 작가와 기타 작가들의 책을 열심히 읽었다. 일기를 쓰고, 소설을 쓰고, 그것을 썼다 찢었다 하며 본격적인 문학청년의 길에 들어서면서부터는《학지광》에 두고를 하기도 했다. 그러나 조그마한 육호 활자로 독자란 한구석에 넣어주는 것이 고작이어서 적잖이 불쾌하기도 했다. 그 후 요한(시인주요한) 군과《창조》간행에 힘을 썼으니, 그때 동인(同人, 어떤 일에 뜻을 같이하여 모인 사람)으로는 장춘(소설가 전영택의 호), 요한, 이광수(소설가 이광수) 등 여러분이 있다.

나는 그때 문학에 대한 타는 듯한 열정과 동경(憧憬, 어떤 것을 간절히 그리워하여 그것만을 생각함)으로 인해 마지못해 온갖 노력을 다하였고, 인쇄비 같은 것도 직접 부담하였다. 그러나《창조》잡지는 2호까지만 출간하게 되었다. 사정이 있어 그 후 한도회사(漢圖會社, 한성도서주식회사)로 넘겼으나 거기서도 3호까지만 내고 부득이하게 폐간하고 말았다.

나는 남에게 지지 않을 만큼 그림을 좋아해서 가와바타 미술학교(일본 도쿄에 있는 사립미술학교)를 졸업했다. 그러나 그림은 몇 장 그려본 일이 없고, 도리어 전공 이외의 문학의 길로 들어서고 말았다.

나의 작품이 처음 활자화된 것은《창조》1호에 게재된 〈패자〉라는 단편이다. 그 후 동경에서 돌아와 십여 편 정도의 단편을 썼는데, 그것은 그때 발행한 《목숨》이라는 단편집에 대부분 수록되어 있다. 이 단편집은 그리 많이 팔리지는 않았고, 지금 생각해보면 그리 완전한 작품도 아니었다.

나는 그때 생활의 걱정이 없었기 때문에 언제든지 창작적 충동을 받으면 쓰고 그렇지 않으면 일 년이 가도 쓰지 않았다. 그러다 보니 그때까지 쓴 작품이라고 해봐야 단편 60여 편이 고작이었다. 그러던 중 생활의 전기(轉機, 전환점이 되는 기회나 시기)를 맞았다. 그럭저럭 부족함 없이 누리던 가산(家産, 한 집안의 재산)을 대부분 탕진하고 만 것이다. 이에 앞으로 어떻게 할 것인지 여러 가지 생각을 해보았으나 배운 재주라고는 문필밖에 없는 터라 용감하게 주먹만 갖고 경성으로 오게 되었다.

그때부터 여러 신문사에 소설을 써서 그날그날 생활을 하였고, 장편 또한 그때부터 본격적으로 쓰기 시작하였다. 《젊은 그들》, 《운현궁의 봄》, 《아기네》, 《해는 지평선에》 등 5, 6편이 그때 쓴 것이다. 고료로는 《젊은 그들》에서 7백 원을 받고, 《운현궁의 봄》에서 6백 원을 받았으며, 《해는 지평선에》와 《아기네》 등은 각각 4백 원을 받았다. 그러나 그런 고료만으로는 도저히 생활을 유지할 수 없었다. 더욱이 본의 아니게 신문소설을 써야 하는 고통 역시 적지 않았다.

문인으로서 재미를 본 기억은 그다지 없다. 이따금 지방에 사는 독자들로부터 격려와 감사의 편지를 받는 것이 유일한 즐거움이었는데, 미지(未知, 아직 알지 못함)의 독자에게서 30~40통의 편지는 받은 듯하다.

한편으로 생각해보면 "문인 말고 의사나 변호사가 되라"라며 몇천 번 말씀하시던 아버지의 명령을 불복하고 끝끝내 문인이 되어서 오늘에 이르고 보니 아버지 생각도 많이 난다.

가산을 탕진하고 보헤미안 생활을 하고 있는 나로서는 지금의 삶이 그리 자랑스럽지 않다. 생활만 할 수 있다면 결코 지금 같은 소설을 쓰지 않고, 유유자적하며 세월을 보내고 싶다. 그리고 언제든지 쓰고 싶을 때 가장 레벨이 높은 소설을 써서 무료로 어느 신문에든 싣고 싶다. 그러나 현재의 나는 빵 외에 아무것도 없다.

인생으로 먹고살기가 이렇게 신산(辛酸, 세상살이가 힘들고 고생스러움을 비유적으로 이르는 말)한 것인가? 라고 생각하면, 인생이란 참 무상하다고 생각될 때가 많다. 더욱이 요새 같이 위병(胃病, 위장병)이 생기고, 신경쇠약이 생겨서 몸이 괴로울 때면 세상이 더욱 귀찮기만 하다.

문인으로서 독자에게 선물을 받은 기억은 거의 없다. 진남포(평안남도 남부에 있는 도시)에 사는 어느 교원으로부터 상품(上品, 질이 좋은 물건) 비스킷 한 상자를 받은 일이 있는데 퍽 감사도 하였거니와 도리어 미안했다. 또 한 번은 선천(평안북도 서해안 중부에 있는 군)에 간 적이 있는데, 그곳 청년들이 내가 왔다는 말을 듣고 (물론 미지의 친구) 함께 모여서 문학 이야기도 나누고 요릿집에 가서 환대를 받은 일이 있다. 이런 것이 문인에게 있어서 즐거움이라면 즐거움이요, 위안이라면 위안일 것이다. 그러나 문인으로서 맛보고 당하는 고통에 비하면 이것 역시 잠시 나타나는 '미레지(현상)'에 불과하다.

문인이라고 해서 시골에 가면 장사꾼들이 한결같이 광고문을 써달라며 부탁하곤 한다. 벌써 여러 번 그 일을 겪었다. 그것은 확실히 불쾌한 일 중 하나다. 매번 거절하기도 어려워서 몇 번 써 준 일도 있지만, 문인으로서 도저히 할 일이 아님은 재언(再言, 한 번 말한 것을 다시 말함)할 필요가 없다.

오늘날 나는 별다른 작품이나 세계문단에 진출할 야망 같은 것은 생각해본 적도 없을 뿐만 아니라 그럴 틈도 없다. 생활! 이것이 나를 모두 점령해버렸기 때문이다. 힘이 있으면 인력거라도 끌고 싶지만, 그것 역시 불가능한 일이다.

붓으로 밥을 먹고 살기는 참으로 어려운 일이다. 그 때문에 나는 문학 청년들에게 생활의 토대가 없거든 문인 되기를 바라지 말고, 혹시 문인이 되었다고 할지라도 문필로써 밥을 먹고 살아갈 생각은 하지 말라고 부탁하고 싶다.

생활을 위해서 어쩔 수 없이 들어야만 하는 문필! 거기에는 개성도 없고, 독창도 없다. 자기를 굽히고, 자기의 존재를 망각하게 된다. 그 결과, 갖은 욕과 비방만 얻게 될 뿐이다. 그러니 문예는 밥을 먹기 위한 노력이 아닌 자기의 이상과 개성을 표현하는 일종의 취미로써 생각함이 지당하다.

—1934년 12월 《신인문학》

쓴다는 것이 죄악 같다

나도향

글이란 것을 쓰기 시작한 지 이력저력 6, 7년이 되었다. 하지만 글다운 글을 써 본 일이 단 한 번도 없고, 남 앞에 글을 내놓을 때마다 양심에 부끄러움을 느끼지 않은 적이 없다. 살면서 스스로 느낀 점이나 직관보다는 다른 이의 청(請, 부탁)에 못 이긴 나머지 책임을 면하기 위해 쓴 글이 대부분이기 때문이다. 그러니 진실로 글을 썼다고 할 수 없다.

더구나 작년에는 몸이 매인 곳(직장)이 있어서 그 일을 하느라고 글을 쓸 여유는 물론 어떨 때는 밥 먹을 여유조차 없는 경우가 많았다. 그러다 보니 가끔 어느 잡지나 신문에서 "소설을 써 주오.", "무슨 감상을 써 주오." 하고 요청하더라도 한두 번은 거절하기 일쑤였다. 그러나 거듭 부탁해오면 마음이 약한 탓에 차마 다시 거절하지 못하고 이내 승낙하고 만다.

사실 온종일 일한 후 친구들과 어울리다 보면 밤이 늦어서야 겨우 집에 들어가게 된다. 그러니 펜을 잡으려고 해도 펜을 붙잡을 힘조차 없어 그대로 잠이 들고 만다. 아마 이 생활을 어느 정도 아는 사람이라면 이 말에 어느 정도 동의할 것이다.

원고 마감일이 점점 다가오면 그제야 펜을 잡는다. 사실 몇 안 되는 글 쓰는 이 가운데 나 한 사람의 창작이면 창작, 감상문이면 감상문을 바라고 믿는 잡지 경영자의 조급한 생각을 모르면 모르거니와 알고 나서는 그대로 있지 못할 일이다. 그러니 하는 수 없이 아침에 눈을 뜨기가 무섭게 펜을 잡는다.

나는 이를 하나의 모험이라고 부르고 싶다. 마치 지리학자나 탐험가가 약간의 모험심과 상상만을 가지고 미지의 길을 떠나는 것과 같기 때문이다. 지금 시작한 첫 구절, 그 뒤에는 과연 어떤 이야기가 이어질지 써 보지 않고서는 도저히 알 수 없다. 거기에 또 얼마나 불충실함과 무성의함, 철저하지 못함이 있을지는 나 자신도 모른다.

원고를 써서 잡지사나 신문사에 보내면 활자로 박아 내놓는다. 그것을 다시 읽을 때의 부끄러움이란 다시 말할 여지가 없다. 그러다 보니 글을 한 번 쓴 뒤에는 다시 읽어 보는 경우가 극히 드물다.

만일 이처럼 창작생활이 계속된다면, 나는 그 창작이라는 것을 내버려서라도 양심의 부끄러움을 잊고 싶다. 더욱이 안으로는 가정, 밖으로는 사회와 같이 내 마음대로 되는 운명을 갖고 태어나지 못한 데다, 정신적으로나 육체적으로 그리 든든하고 풍부한 천품(天稟, 타고난 기품)을 타고 태어나지 못한 나로서는 무엇을 깨닫고, 느끼고, 사색하는 것이 아직 많이 부족하다. 그 때문에 펜을 잡는다는 것이 잘못이라는 생각마저 든다. 그러니 아직 수양해야 할 내게 어떤 요구를 하는 이가 있다면 그것만큼 무리한 일이 없을 것이요, 나 사신이 창작가나 문인을 자저한다면 그것만큼 건방진 소리가 없을 것이다. 어떻든, 무엇을 쓴다는 것이 죄악 같을 뿐이다.

—발표 연도 미상

문학을 나처럼 해서는 안 된다

채만식

    문학 10주년이라는 제(題, 제목)를 받았지만, 10년이 훨씬 넘는다. 정확한 기록과 참고할만한 자료가 없으니 정확히는 모르겠지만, 초기《조선문단》에 처녀작을 발표한 것으로 문령(文齡, 문학을 한 햇수)을 계산하자면 족히 14, 5년은 되는 듯싶다. 14, 5년… 세상에 무슨 일이든 10년 독공(獨工, 혼자서 공부함)을 하면 입신(入神, 신의 경지에 듦)을 한다는 말이 있다. 물론 백 년을 해도 숙달되지 못하는 사람이 훨씬 더 많다.

    그렇기는 나 역시 마찬가지다. 14, 5년 동안 글을 쓰면서도 이 정도밖에 이루지 못했으니, 천하에 의젓잖은(점잖지 않고 가벼운) 문충(文蟲, 글 벌레)이라고 해도 뭐라 할 말이 없다. 사실 그때만 해도 문단의 인심이 꽤 좋았다. 지금 생각하면 중학생의 볼품없는 수준의 작문을 소설이랍시고 발표해주고, 그 뒤로도 그 비슷한 것을 쓰는 대로 계속해서 실어주니, 어언(알지 못하는 동안에 어느덧) 간에 소설가가 되어버렸다. 자고 일어나 보니 하루아침에 천하에 이름난 시인이 되었다는 바이런(Byron, 영국의 시인)의 말처럼 나 역시 자다가 깨어보니 소설가가 되어 있었다. 그러나 그때나 지금이나 가난하기는 마찬가지다.

　빈약한 문명(文名, 글을 잘하여 세상에 알려진 이름)과 선배와 은사의 도움으로 《동아일보》에 겨우 취직할 수 있었다. 처음 얼마 동안 학예부 일을 할 때는 애송이 서생에 지나지 않았다. 그러다가 사회부 외근기자가 되면서부터 그때까지 통 모르던 술맛을 비로소 알게 되었다. 더욱이 그때는 신문기자가 요즘처럼 회사원이 아니요, 괜히 어깨 으쓱한 뭔가가 있던 시절로 하루 일을 뚝딱 마치고 친구를 꾀어 술 먹고, 놀고, 참말 호강하던 시절이었다.

　문학? 그런 건 이제 해도 그만 하지 않아도 그만이었다. 정말 심심할 때나 되는 대로 소설 쓰는 시늉을 했다. 그래도 소설가로 알아주니 좋았다. 그렇게 10년 가까운 세월 동안 문학을 의붓자식처럼 등한시했다. 다만, 그 사이 《개벽》사에 있을 동안만은 그래도 정신을 차려 소설을 더러 썼다. 그러나 역시나 여기(餘技, 취미로 하는 기술이나 재간) 삼아서 한 노릇에 불과했다. 그러다가 병자년(1936년) 정월, 《조선일보》를 마지막으로 신문기자라는 직업과도 아주 손을 끊고 나서야 비로소 눈을 뒤집어쓰고 다시 문학과 단판씨름을 하기 시작했다. 동배(同輩, 나이나 신분이 서로 같거나 비슷한 사람)들은 이미 10년이나 앞서가며 문단에서 큰소리를 치고 있을 때였다.

　그러나 일껏(모처럼 애써서) 게으름을 부리던 위인이 갑자기 늦부지런(뒤

늦게 서두르는 부지런)이 나서 허위단심(허우적거리며 무척 애를 씀) 쫓아가자니 곧 기운이 다 빠지고 말았다. 숨이 가빠 도무지 쫓을 수가 없었다. 하지만 하늘도 무심치 않은 법일레라!

문학에 투신한 동기? 모르겠다. 잊어버린 것 같기도 하고, 그저 그냥 하고 싶어서 한 것도 같고.

문학을 제대로 배우지 못한 채 습작기도 거치지 않고 바로 작가 노릇을 했다. 그런데 그 알량한 작가 노릇이나마 어찌나 데데하게(변변하지 못하여 보잘것없음) 했던지. 이렇다 할 사숙인(私淑人, 마음속으로 본받아서 도나 학문을 배우거나 따를만한 사람) 하나 갖지 못했다. 다만, 상섭(想涉, 소설가 염상섭)과 동인(東仁, 소설가 김동인)을 좋아했고, 일본 작가 중 다카야마 초규(高山樗牛, 일본의 평론가)의 글과 나츠메(夏目, 나츠메 소세키로 추정)의 작품을 즐겨 읽었다.

한 가지 자랑 같지 않은 자랑을 하자면 투르게네프(Turgenev, 러시아의 소설가)의 《엽인일기(獵人日記, 25편의 단편으로 이루어진 작품)》를 네댓 번 정도 완독했다는 것이다. (물론 그 가운데는 골라서 읽은 것도 있지만.)

내 작품 중 후진에게 참고가 될 만한 것은 단 하나도 없다. 모두 없어져야 하기 때문이다. 혹시 작품 이외의 것을 들라면 이렇게 말하고 싶다.

"문학을 나처럼 해서는 안 된다."

—**1940년**

십 년 전 — 작가생활의 회고

김남천

작가 생활을 의식하고 해온 것은 불과 2~3년 내의 일이다. 그러니 이 이야기는 작가 생활의 회고라고 말할 수 없을지도 모르겠다. 그러나 예술운동에 발을 들여놓은 최초의 일이고, 단체생활에 처음 관계한 일이다 보니, 그것이 나의 문학생활에 있어서 하나의 기념할만한 시기임은 부인할 수 없다.

열아홉 살 때니까 1929년이다. 《월역(月城)》 동인인 한재덕 씨가(필자의 고향 친구로 현재 《조선일보》 특파원으로 평양에 있다) 동경 시외 구택(駒澤, 도쿄 남동부에 있는 주택가)에 살던 나를 찾아왔고, 그 후 와세다 교내에서 안막(무용가 최승희의 부군이라서 알아볼 수 있게 되었다) 군을 사귀어 함께 〈예맹〉 동경지부에 가맹했는데, 이번 여름휴가 때 동경부 소속 극단이 조선 공연을 가게 되었는데 동행하면 어떠냐? 라고 물었다.

나는 무덤덤하게 앉아서 한참 생각하였다. 그것은 단순한 극단에의 가맹만을 의미하는 것이 아니라, 안온(安穩, 조용하고 편안함)한 학창 생활을 뒤흔들어 새로운 사회적 활동에 나서게 하는 하나의 전환점이 될 것임을 직감적으로 깨달았기 때문이다. 또한 그것이 장차 나의 삶에 어떤 결과를 가져오리라는 것은, 당시 정세를 막연히 추측하면서 무사시노(武藏野, 일본 도쿄의 지명)의 적막한 여사(旅舍, 여관)에서 초조한 날을 보내고 있던 내게는 너무도 분명한 일이었다. 언젠가는 오리라고 생각한 것이 너무 갑작스럽게 찾아온 것도 같았고, 또 막연히 고대하던 것이 너무 쉽사리 찾아온 것도 같았다. 어쨌거나 쉬이 갈피를 잡을 수 없었다.

　내가 아무 대답이 없자, 그것을 어떻게 해석했는지 창밖 대숲을 지나가는 취우(醉友, 술에 잔뜩 취한 친구) 소리에 잠시 귀를 기울이고 있던 한 씨는,

　"자네 애인도 서울에 있는데, 이왕 그곳에 들를 바엔 겸사겸사해서 좀 좋은가?"라며 대답을 재촉하였다. 그 말에는 애인에게 뻐길만도 하다는 뜻이 은연중에 나타나 있었다.

　그는 다시 안막 씨에 대해 이야기하였다. 그러고는

　"이런 기회에 문단 사람을 알아두면 이모저모 해롭지는 않을 걸세."라며 다른 방면으로 나의 결심을 다시 한 번 재촉하였다.

　사실 나는 그런 이해타산보다는 좀 더 근본적인 이유 때문에 주저하고 있었다. 하지만 어쨌거나 새로운 기회임이 틀림없었다.

　나는 그에게 곧 승낙의 회답을 주었고, 그와 함께 고원사(高圓寺)에 있는 극단을 방문하고 돌아왔다. 그리고 서울 있는 여학생(한 씨의 '애인'이

자, 후일 나의 선처가 된 분)에게 방학을 하거든 먼저 귀성하지 말라고 기별의 편지를 띄웠다. "이번 재동경 유학생을 중심으로 조직된 극단에 가담하여 전 조선을 순회하게 될 것인바, 약 10일 정도 경성에 체류할 것이 예상된다."는 내용이었다.

얼마 후 나는 안막 씨 및 한 씨와 함께 서울에 도착해 팔판동(八判洞, 지금의 서울 종로구 삼청동)에 있던 안 씨 집에 묵으며 임화 씨를 만나기로 했다. 안씨 말로는 당시 임화 씨는 〈예맹〉 본부에는 연극을 주로 맡아 보고 있는데, 그와 경성역에서 만나기로 했다고 하였다.

어느 날 오후, 우리 세 사람은 임화 씨를 만나기 위해 시간을 맞추어 역으로 나갔다. 당시 나는 서울이 생소할뿐더러 〈예맹〉 사람들이나 사정에 관해서도 전혀 알지 못했다. 더욱이 그때는 작가가 아닌 한 명의 학생에 불과했기에 매사에 그들을 추종할 뿐이었다.

그때는 학생들이 바바리 레인코트를 입는 것이 유행이었다. 그래서 나역시 그 더운 때 보고(普高) 졸업 기념으로 얻어 입은 '후라노' 염색 교복에 치렁치렁한 코트를 입고 나섰다. 안 씨는 서울에 오더니 곧 검정 세루 양복을 내어 입었다.

역으로 가면서 안 씨는 내게 임화 씨에 관한 이야기를 들려주었는데, 인사는 나누지 못했지만 본 적은 있다고 했다. 영화배우로 두 번이나 주연을 했는데, 생긴 것이 아이노꼬(혼혈아) 같다고 했다. 나는 임화 씨에 관해서 아무것도 몰랐으므로 그의 말을 경청할 뿐이었다.

"아이 적엔 면도만 밴들밴들하게 하고 휘파람만 불고 다니더니, 배우

노릇을 하고, 다다 미술론을 쓰고, 지금은 시를 쓴다."고 하였다. 후에 알았지만, 그때 임 씨는 〈우리 오빠와 화로〉라는 시를 《조선문예》에 발표할 즈음이었다.

그날 임 씨는 불그레한 헌팅(모자)을 쓰고, 비로도(벨벳. 거죽에 곱고 짧은 털이 촘촘히 돋게 짠 비단) 저고리에 회색 바지를 입고, 앞이 뾰족한 구두를 신었었다. 언뜻 봐도 퍽 모양을 내려는 편이었는데, 요즘의 그처럼 세련된 신사의 모습이라기보다는 배우 같은 모습이었다. 그는 안막 씨와 몇 마디 수작을 나눈 뒤 나오는 통성명(通姓名, 처음으로 인사할 때 서로 성과 이름을 알려줌)만 나누었다.

며칠 후에는 극단 선행 부대와 함께 〈예맹〉 사람들을 만났는데, 그 자리에서 박영희, 윤기정, 김유영, 송영 씨 등을 처음 보았다. 그러나 일개 소년 학생에 불과했던 나는 그때도 제씨 등과 겨우 이름만을 나누었을 뿐이었다. 박영희 씨는 그때도 단장(短杖, 짧은 지팡이)을 들고 다녔고, 윤기정 씨는 모시 두루마기를 입고 있었다. 윤 씨가 요즘은 하이칼라 양복신사지만 그때만 해도 그는 두루마기를 즐겨 입었다. 그가 양복을 입기 시작한 것은 그로부터 2년 뒤의 일이었다.

이기영 씨를 안 것은 그 이듬해였고, 김기진 씨를 안 것은 다시 1년이 지난 뒤였다. 《조선지광》사에서 이 씨를 처음 만났는데, 셔츠 위에 린넬(아마 씨의 실로 짠 얇은 직물을 통틀어 이르는 말) 양복을 기운 없이 걸치고 앉았던 그와 비가 내리는 날 나는 배갈을 마셨다. 이후 십수 년의 나이 차이에도 불구하고, 나는 씨의 주붕(酒朋, 술벗)의 한 사람이 되었다.

1930년 나는 '김효식'이라는 본명으로 《중외일보》에 〈영화 운동의 출발점 재음미〉라는 최초의 글을 발표하였다. 그리고 이듬해 1월 1일 '남천'이란 펜네임을 지어 붙였는데, 그제야 비로소 소설과 희곡에도 붓을 대어 보았다. 그러나 안타깝게도 그해 8월, 나의 제1기 작가 생활은 종언을 고하고 말았다. 그동안 내가 쓴 것은 논문 2, 3편에 소설과 희곡이 2, 3편쯤 되었다. 내가 없을 때 발표된 〈공우회〉라는 작품을 유진오 씨가 칭찬하였다는 말을 들은 것도, 그리고 〈조정안〉 등이 카프 문학부에서 추장(推奬, 특별히 추천하여 장려함) 되었다는 것을 안 것도, 모두 2년 뒤의 일이었다. 이때부터 나의 작가 생활 제2기가 시작되었지만, 그것은 가장 불행한 시기이기도 했다. 그것이 1937년 고발정신 제창으로부터 시작되는 제3기까지 지루하게 이어졌다.

—1939년 10월 《박문》 〈작가 생활의 회고〉 특집

혈흔

최서해

나는 지금 내가 살아 있는 이 세상 사람과는 정반대의 길을 걷고 있다. 어떤 뜻을 갖고 그렇게 하는 것이 아니라 어쩌다 보니 그렇게 된 것이다. 그것이 한 성벽(性癖, 굳어진 성질이나 버릇)이 되고, 주의(主義, 굳게 지키는 주장이나 방침)가 되어서 상년(上年, 지난해) 봄부터는 뜻을 가지고 세상과 정반대의 길을 걷고 있다.

그것이 내게 행복이 될지, 불행이 될지는 괘념(掛念, 마음에 두고 잊지 않음)할 바 아니다. 다만, 내가 걷고자 하는 그 길을 걷지 못할까 싶어 걱정될 뿐이다. 세상 사람들이 그것을 비웃건 깔보건, 그것은 내 알 바 아니다. 나는 다만 '참인간'의 '참생활'이란 목표 아래 내가 옳다고 믿는 것이면 살이 찢기고, 뼈가 부스러져서 피투성이가 되더라도 해 보려고 한다.

나는 늘 괴롭다.

"인생이 괴로우냐? 세상이 괴로우냐?"

나는 송주(誦呪, 불교의 다라니를 외우는 일)처럼 이것을 외운다. 거기서 어떤 철리(哲理, 아주 깊고 오묘한 이치)를 찾으려고 하는 것은 아니다. 너무도 괴로운 끝에 나도 모르게 흘러나오는 소리일 뿐이다.

내 고통을 아는 사람은 없다. 백 명이 넘는 벗이 있건만 그중 내 고통을 아는 사람은 없다. 나를 사랑하고, 나를 이해한다는 사람이 한 분 있긴 하다. 하지만 그 역시 나의 속 깊은 고통은 모른다.

나는 항상 웃는, 떠든다. 그래서 나를 아는 친구들은 누구나 내가 하하너털웃음을 잘 웃고 왁자지껄 잘 떠드는 줄로만 안다. 그래서,

어떤 이는 나를 '선동 인물'이라고 한다.

어떤 이는 나를 '바람'이라고 한다.

어떤 이는 나를 '생각이 없다'고 한다.

어떤 이는 나를 '푯대가 없다'고 한다.

어떤 이는 나를 '낙천가'라고 한다.

뭐라고 하건 그것은 평하는 이의 마음이겠지만, 나는 지금까지 '나'를 내 뜻에 적합하도록 비판하는 이를 보지 못하였다. 나는 그것이 슬플 것도 없거니와 좋을 것도 없다. 그러니 혹 어떤 때 내가 불평이라도 뿜으면 모두 흥하고 코웃음 칠 뿐이다. 사람이란 자기가 고통이라고 생각하는 범위 안의 고통을 제일 큰 고통으로 여기는 까닭이다.

나는 어제 전차 안에서 눈을 감은 채 공상 속을 달리다가 고통 없이 달게 자는 나를 눈앞에 그려보고는 싱긋 웃으면서 속으로 이렇게 부르짖

었다.

"네가 내 고통을 이해한다면 그렇게 평화로운 잠을 이룰 수 없을 것이요, 내가 네 평화를 가졌다면 이렇게 잠 못 들 리 없을 것이다."

반대되는 성격이 반대되는 성격과 타협하려는 것은 참으로 미련한 일이다. 이 말을 하는 나부터도 그럴지 모른다.

나는 공상의 나라에 늘 마음을 달린다. 워낙 난치의 병으로 광대뼈가 툭 불거진 나는 간단없는(끊임없음) 공상으로 말미암아 나날이 파리하여져(몸이 마르고 낯빛이나 살색이 핏기가 전혀 없음) 간다. 나는 그것이 조금도 아깝지 않다. 스러져 가는 꿈을 좇듯이 열정에 괴인 눈을 멀거니 뜨고 오색이 영롱한 공상의 천지에 이 마음을 끝없이, 끝없이 달릴 때면 나는 한없는 법열(法悅, 참된 이치를 깨달았을 때 느끼는 황홀한 기쁨)과 충동을 느낀다.

시퍼런 칼을 이 심장에 콱 박고 시뻘건 피를 확확 뿜으면서 진고개(지금의 서울 중구 명동에 있었던 고개)나 종로 네거리를 이리 뛰고 저리 뛰어서 온 거리를 이 피로 물들였다면 나는 퍽 통쾌하겠다. 미칠 듯이 통쾌하겠다. 그러나 아직도 내 한편에선 인습(因襲, 이전부터 전해 내려오는 습관)의 탈을 벗지 못한 무엇이 나를 잡아당겨서 그것을 실행할 수 없다.

나는 그것을 슬퍼한다.

나는 온갖 고통을 벗으려고 하지 않는다. 벗으려고 하면 벗으려고 할수록 번민이 더 커지는 까닭이다. 나는 어떤 고통이건 사양 없이 받으려고 한다. 받아서 꿍꿍 밟고 나아가려고 한다. 즉, 고통에 이기려고 한다. 사람에게 가장 큰 기쁨이 있다면 그것은 승리의 기쁨이다. 참인간의 참

생활이라는 윤리관으로 비참하게 보이는 사실이 이 세상에서 없어지기 전까지 나는 평온한 생활을 요구치 않는다. 양심이 마비된 사람과 우상을 사람 이상으로 숭배하는 사람과는 사리(事理, 일의 이치)를 의논할 수 없는 것이다.

나는 기이(奇異, 기묘하고 이상함)를 보고 신비(神秘)를 느끼고 싶다. 사람을 보나, 짐승을 보나, 하늘을 보나, 땅을 보나, 사시의 운회와 봄비, 겨울눈, 가물가물한 별, 초하루, 그믐으로 이지러지고 보름이면 둥근 달을 볼 때 놀라운 눈으로 신비를 느끼고 싶다. 그러나 과학의 물에 철저치도 못하게 중독된 나는 그것을 느낄 수 없다. 나는 그것을 슬퍼한다.

사람이란 환경의 지배를 받지 않을 수 없다. 나의 불순한 과거와 거친 현재는 나로 하여금 나 자신을 거칠게 만들었다. 그뿐만 아니라 물질은 나의 자유를 구속한다. 그래서 내 맘은 항상 끓는다.

나는 이 세상 사람과 같이 그렇게 미적지근한 자극 속에서 살고 싶지 않다. 쓰라리면 오장이 찢기도록, 기꺼우면 삼백육십사 절골(折骨, 골절)이 막 녹듯이 강렬한 자극 속에서 살고 싶다.

내 앞에는 두 길밖에 없다. 혁명이냐? 연애냐? 그것뿐이다. 극도의 반역이 아니면 극도의 열애 속에 묻히고 싶다. 그러나 내게는 연애가 없다. 아니 있기는 하지만 그것은 사야만 된다. 나는 연애를 사려고 하지 않는다. 그러니 내게는 반역뿐이다.

나는 평평범범하게 살고 싶지 않다. 등이 휘도록 무거운 짐을 지거나, 발바닥이 닳도록 먼 길을 걷거나, 심장이 약동하도록 높은 산에 뛰어오르거나, 가슴이 터지도록 넓은 뜰에서 소리를 치거나, 독한 술에 취하거나, 뜨거운 사랑의 품에 안기거나—이렇게 지내고 싶다.

삶을 평평범범(平平凡凡, 매우 평범함)하게 요구치 않는 나는 죽음도 평평범범하게 요구치 않는다. 칼이나 창에 심장을 찔리거나, 머리를 담벼락에 탕탕 부딪치거나, 높다란 벼랑 끝에서 떨어져 피투성이가 되거나, 뜨거운 사랑에 녹아 버리거나—이렇게 죽고 싶다. 총이나 아편에는 죽고 싶지 않다. 병이거든 호열자(虎列刺, 콜레라의 음역어), 그렇지 않거든 급성 폐렴으로 죽고 싶다.

나는 죽음을 즐기지 않는다. 그렇다고 해서 죽음을 두려워하는 것은 아니다. 나는 삶을 사랑한다. 그렇다고 해서 오래 살기를 원하는 것은 아니다. 나는 내가 왜 태어났는지도 알고 싶지 않다. 죽어서 어디로 가는지도 알고 싶지 않다. 그저 이 세상에 태어났으니 이 세상에 있는 날까지 힘과 정성을 다할 것이다.

나는 늘 내 생활을 창조하고 싶다. 파란곡절(波瀾曲折, 사람의 생활이나 일의 진행에서 일어나는 여러 가지 어려움이나 시련. 또는 그런 변화)이 많도록 창조하고 싶다. 산속에 흐르는 맑은 샘처럼 어떤 때는 여울(강이나 바다의 바닥이 얕거나 폭이 좁아 물살이 세게 흐르는 곳)이 지고, 어떤 때는 폭포가 되고, 또 어떤 때는 목멘 소리를 내고 싶다.

나는 예술을 동경한다. 나는 내게 천재와 같은 예술적 재능이 없음을 잘 안다. 하지만 나는 문예를 사랑하며 문예를 짓는다.

내 글은 세련되지 않고 미숙하며, 현란(絢爛, 시나 글 따위에 아름다운 수식이 많아서 문제가 화려함)함이 없고, 난삽하며, 푸른 하늘이나 밝은 달처럼 맑고 깨끗한 맛이 없고, 흐린 연못의 진흙처럼 틉틉하다(액체가 맑지 아니하고 농도가 진함)는 것을 나는 잘 알고 있다. 그런데도 나는 문예를 지으려고 애쓴다. 나는 다만 내 가슴에 서리서리 엉킨 정열을 쏟으면 그것으로 족할 뿐이다.

세상이야 욕하거나, 웃거나 나는 내 아들(창작을 말함)을 사랑한다. 그것은 내 아들이 잘나서가 아니다. 내 아들은 세상에 보이기 무서울 만큼 못났다. 그러나 내 고통을 진실로 말해주는 것은 오직 내 아들뿐이다. 그래서 나는 내 아들을 그 누구보다도 사랑한다.

남이 웃을 때 나는 혼자 운다. 남이 뛸 때 나는 혼자 앉아서 가슴을 친다. 남은 순종하는데 나는 혼자 반역을 한다.

나는 차라리 울지언정 아첨의 웃음은 짓고 싶진 않다. 나는 차라리 가슴을 치고 엎드려 궁굴지언정 남의 기분에 맞추고 싶진 않다. 나는 차라리 반역에 죽을지언정 불합리한 제도에 순종하고 싶진 않다.

천만사람이 서쪽 달을 좇을 때 홀로 동쪽 매화를 찾는 사람!

그에게는 아무것도 없다. 가르쳐주는 이는 물론 붙들어주는 이조차 없다. 다만, 그 가슴에 끓어 넘치는 정열과 금석(金石, 쇠붙이와 돌을 아울러 이르는 말)이라도 뚫을 만한 굳센 의지와 신념이 있을 뿐이다.

태양은 언제나 동에서 솟는 것이다.

— 1926년 2월 28일 단편집 《혈혼》

그리운 어린 때

최서해

　벌써 10년 전이다. 이광수 선생의 소개로 산문시 3편을《학지광》에 실은 것이 나의 작품을 활자에 올린 처음 기억이다. 시골 소년의 가슴은 펄펄 끓었다. 그때의 기쁨을 뭐라고 표현할 수 있을까.

　나는 어머니의 없는 돈을 긁어내서 (내 글이 실린)《학지광》을 샀다. 그리고 길을 걷다가도, 밥을 먹다가도, 심부름을 가다가도 그것을 펴서 읽고는 좋아했다. 읽고, 읽고 또 읽어도 싫지 않았다. 그러나 그것으로만은 만족할 수 없었다. 이에《학지광》을 찾아오는 벗들이 쉽게 볼 수 있도록 책상머리에 그것을 놓아두고는 봐달라는 사인을 은근히 보내기도 했다. 과연, 그 방법은 통했다. 한 손 두 손 거쳐서 여러 벗이 그것을 보았고, 잘 지었다는 소리가 내 귀에 들어왔다. 나는 무척 기뻤다. 어머니도 기뻐하셨다. 그래서인지 이때까지 사귄 벗보다 내가 한층 더 높아진 듯싶었다.

그러나 그 후 나는 이역(異域, 다른 나라의 땅) 풍상(風霜, 세상의 어려움과 고생을 비유적으로 이르는 말)에 방랑하는 몸이 되어 전혀 붓을 잡을 수 없었다. 계해년 봄 다시 고국 땅을 밟긴 했지만, 노동자 무리에서 비지땀을 짜게 됨에 역시 붓과는 인연이 멀었다. 그러다가 한석룡 군의 뜨거운 응원에 용기를 얻어 〈자신〉이라는 시 한 편을 《북선일일신문》에 '서해'라는 익명으로 투고하였다. 그러나 곧 발표는 되었지만 호평을 받진 못했다. 그러다가 그해 여름 나남에서 음악 대회(?)가 열렸을 때 이정숙이라는 (나는 전혀 알지 못하는) 여자가 거기에 음표를 붙여서 연주한 것이 대환영을 받았다며, 신문이 크게 보도하였다. 그러자 내 가슴은 다시 끓어올랐다. 동시에 그것을 읊은 주인공인 이정숙이라는 여자의 미모를 눈앞에서 상상하였다.

　솔직히 말하자면 나는 그때 얼굴도 모르는 그 여성을 한동안 은근히 사모하였다. 그것은 내 글을 사랑해주는 사람에 대한 고마움인 동시에 스스로에 대한 만족감이자 대견함이기도 했다. 그 결과, 나는 삶에 대한 용기를 얻었다.

　모든 것이 다 꿈이다. 옛날의 꿈이다. 세월이 갈수록 지나간 자취는 봄 동산의 아지랑이와도 같다. 나는 그것이 애처롭다. 아아, 그리운 어린 때!

—1925년 3월 《조선문단》

문학적 자서전

계용묵

무슨 진리를 밴 알이나 품듯이 그 무엇을 동경하면서 《파우스트》를 품고 깡그리 거기에 정열을 기울이며 침식을 잊은 십팔 세의 소년. 그것이 문학의 문으로 들어서던 처음의 나였다. 왜 그런 소년이 되었는지 나는 지금도 그 이유를 모른다. 다만, 소학교를 졸업하자 더는 소학생 때 봐오던 잡지 《학원》을 책상 위에 놓기가 싫어 《창조》니, 《서광》이니, 《서울》이니 하는 잡지로 바꾸게 된 것이 그 동기가 되지 않았나 생각해볼 따름이다.

《창조》의 이동원의 소설에서 (〈마음이 약한 자여〉로 기억됨) '시선과 시선이 마주쳤다.'든가, '그들 남녀가 방 안으로 들어간 뒤에는 다만 구두 두 켤레가 문 앞에 가지런히 놓여 있을 뿐이었다.'든가 하는 식의 표현이 어쩌나 재미있던지, 나도 그렇게 한 번 글을 써 본다고 글을 쓰기 시작했으니 말이다.

그렇게 남의 글을 모방해 그런 식의 표현에 치중하면서 두루마리에다 소설이라고 두 발 세 발 내려쓰곤 했다. 그리고 자랑삼아 같은 연배였던 동네 친구 한 명에게 이를 보였다. 그랬더니 친구는 "네가 이렇게 글을 쓰다니!" 하고 깜짝 놀랐다.

그래서 나는 "내가 어떻게 이렇게 소설을 짓겠냐?"라며, 이것은 이광수의《무정》에서 한 대문 베낀 것이라고 능청을 피웠다. 그러자 친구는 "글쎄, 그럴 거야. 이 글엔 씨가 들었는데." 하고 감탄하기를 마지않았다.

아무 뜻도 없이 해 본 장난에 나는 나도 소설을 쓰면 쓸 수 있으리라는 자부심을 느끼게 되었다. 그리고 그 무렵《새소리》라는 소년 잡지가 창간되면서 작품을 모집한다는 광고를《동아일보》에서 보고 시 한 편을 응모하였다. 그런데 그것이 이등으로 당선되어 시도 쓰면 쓸 수 있으리라는 자부심까지 생겼다.

당시 나는 글방(서당)에서《대학》을 읽고 있었는데, 그때부터 훈장의 눈을 피해가며 잡지를 읽고 시와 소설을 쓰기에 전심(專心, 마음을 오로지 한곳에만 기울임)하였다.

그러는 동안 고독이 차지게 스며들었다. 뭔지 모를 뭔가를 동경하는 알 수 없는 마음이 그렇게 고독감을 키운 것이다.

결국, 나는 서울로 뛰어 올라왔다. 문학에 대한 강인한 충동을 시골 글방에서 참고 견딜 수 없었기 때문이다. 서울에 온 나는 안서(岸曙, 시인 김억의 필명)의 문을 두드렸고, 그에게서 시집《해파리의 노래》한 권을 받았다.

그리고 어느 겨울에 《파우스트》가 품에 안기어 있었다.

　서울에는 외가 쪽으로 아저씨뻘 되는 분 간동(諫洞, 지금의 서울 종로구 사간동)에 살고 있었다. 그분이 보성고보와 관계를 맺고 있었기에 입학 부탁 겸 찾아갔다가, 그 집 건넌방에 김정식(金廷湜, 시인 김소월의 본명)이라는 배재고보 학생이 하숙하고 있음을 알았다. 그가 이미 안서의 추천으로 《학생계》에 〈먼 후일〉이라는 시를 발표한 소월임을 알고 있던 나는 그와 친해지고 싶었다. 그러나 그는 곧 학교로 떠나버렸고, 나 역시 다시는 그 집을 방문할 수 없었다. 부모님이 보낸 사람에게 붙들려 고향으로 다시 돌아가야 했기 때문이다. 아무리 신식 학문을 배우고 싶다고 해도, 부모님은 그 필요성을 이해하지 못했다. 결국, 나는 얼마 후 다시 서울로 도주했다. 그러나 소월은 이미 동경 상과대학에 입학해 동경으로 떠난 뒤였다. 이에 그렇게도 만나고 싶었던 소월과 친해질 기회를 영영 잃어버리고 말았다. 서울에 가면 소월을 다시 만날 수 있으리라고 생각했던 나는 매우 중요한 물건이라도 잃은 것처럼 풀이 죽어 안서의 집을 찾곤 했다.

　집에서는 또다시 추병(追兵, 추격하는 사람)을 보냈다. 이미 중동학교 학생모를 썼던 나는 이번에도 그들에게 붙들려 내려가야만 했다. 할 수 없이 나는 부모님께 조건을 제시하였다. 집에서 독학할 테니, 비용이 얼마나 들거든 간에 무조건 그것을 대달라는 것이었다.

　그리하여 나는 서재 한 칸을 마련한 후 동서고금의 명작이라는 것은 문학뿐만 아니라 철학, 사회과학에 이르기까지 모두 구매해 책 속에 파묻히었다. 실로 나의 문학의 기초는 아니, 오늘까지 우려먹는 나의 지식이란 것은 여기서 비롯된 것이다.

낮에는 독서, 밤에는 집필, 이렇게 규칙적인 서재 생활을 일 년 정도 하다 보니, 어느 틈에 노트에 백여 편의 시와 칠십팔 편의 소설이 활자화를 기다리고 있었다.

이때 김석송 주재(主宰, 일의 중심이 되어 맡아 처리하는 사람)의 《생장》과 이광수 주재의 《조선문단》이 전후로 창간되는 것을 보고 시는 《생장》에, 소설은 《조선문단》에 각각 투고하였는데, 얼마 후 게재지에 '진정(進呈, '증정'이라는 의미로 여기서는 수상을 의미함)'이라는 스탬프가 찍혀서 배달됐을 때, 그것이 내 실력을 말해주는 것만 같아서 어찌나 기쁘던지. 지금도 그때의 일이 어제 일처럼 환하게 기억에 남아있다.

그렇게 삼 년이 지났고, 나는 그동안 각국 문화사를 통해 알게 된 세계 명작 대부분을 한 번씩 섭렵하였다. 그러자 더 구체적으로 알고 싶은 욕심이 자꾸만 앞서 과감하게 붓대를 집어던지고 동경으로 고비원주(高飛遠走, '높이 날고 멀리 달린다.'라는 뜻으로, 자취를 감추려고 남이 모르게 멀리 달아남을 이르는 말)하였다.

그러나 대학에서 소위 강의라는 것을 처음 듣게 되었을 때 어찌나 그것이 맹랑(생각한 바와 달리 매우 허망함)하게 들리던지 더는 학교에 가고 싶지가 않았다. 이에 학적만 걸어 두고는 하숙에서 독서로 이삼 년의 세월을 보낸 후 다시 서울로 왔다.

그러나 무명작가인지라 문단에 쉽게 발을 붙일 수 없었다. 문단의 정세(政勢, 동향 또는 형세) 또한 완전히 바뀌어 있었다. 그렇지 않아도 발표 기관이 부족한 데다 신인이 상당수 배출되어 소위 기성작가도 원고 뭉치를 들고 돌아다녀야 하는 형편이었다.

하잘것없이(시시하여 해볼 만한 것 없이. 또는 대수롭지 아니하게) 카페를 드나들었다. 술이 늘어 갔고, 그에 따라 몸은 약해져 갔다. 결국, 일이 터지고 말았다. 술이 심장을 상하게 했다는 의사의 진단이 내려진 것이다. 의사의 지시에 따라 나는 또다시 시골로 내려가서 요양을 해야만 했다. 술은 물론 책도, 붓도 다 내려놓고 오직 살기에만 전심을 기울였다.

그렇게 삼 년이 흘렀다. 어느 날, 인근에 사는 석인해라는 미지의 문학청년으로부터 동인잡지 발간을 종용하는 편지가 왔다. 좋다고 했더니, 그해 봄 정서죽이라는 미모의 청년(아직 소년이라고 함이 적당할 정도의)과 함께 나를 찾아왔다.

우리는 즉석에서 동인지 발간 계획을 세우고, 그 이튿날 선천읍으로 나가 인근에 사는 문학청년 3, 4인을 전보로 불러내어 모임을 가졌다. 편집 책임은 내가 맡기로 하고, 원고 의뢰까지 모두 끝마쳤다. 그러나 출자 책임자의 배신으로 인해 도중에 일을 그르치고 말았다. 그러나 이것이 내게는 몇 해 동안 손을 떼었던 녹슨 붓끝에 기름을 칠하는 계기가 되었다.

되살아 오른 창작욕은 〈백치 아다다〉를 위시하여 〈마부〉, 〈청춘도〉, 〈마을은 자동차 타고〉, 〈심원〉 등의 작품을 연달아 쓰게 만들었다. 특히 〈백치 아다다〉가 《조선문단》에 발표되어 평론가 김환태의 호평을 얻자 해지(該誌, 여기서는 《조선문단》을 말함)에서는 또 한 편의 창작을 청해왔다. 나는 〈마을은 자동차 타고〉를 보냈다. 그러나 월여(月餘, 달포. 즉, 한 달이 조금 넘는 기간) 후에 이 작품은 검열 불통과로 사백 자 정도의 문면(文面, 문장이나 편지에 나타난 대강의 내용)에 삭제라는 주인(朱印, 붉은 빛의 도장. 주로 주의를 환기할 때 쓰임)이 찌히어 반환되고 말았다.

편집자는 매우 아깝다며, 그 부분만 개작을 의뢰해왔다. 이에 개작해서 다시 보냈는데, 어찌 된 일인지 이번에는 전문 삭제의 주인이 장마다 찍히어 반환되었다. 안타까운 일이었다. 지금껏 써 온 작품 중 제일 애착이 가던 작품이었기 때문이다.

그대로 버릴 수 없어서 약간 고치면서 정서(正書, 글씨를 흘려 쓰지 아니하고 또박또박 바르게 씀. 또는 그렇게 쓴 글씨)하여 안서에게 주선해주기를 청했다. 안서는《동광》에 주었다며 다음 달에 발표하기로 약속되었다고 했다. 그러나 그 약속은 기성작가의 원고 폭주로 인해 이행되지 않았다. 다음 달, 다음 달하고 기회를 본다는 것이 몇 달을 끌다가 끝내 원고를 분실하는 일이 발생하고 말았다. 그 소식을 들었을 때 무명작가로서의 설움을 톡톡히 느껴야 했다.

그 일을 전후해서 〈청춘도〉를《조광》에 투고한 일이 있었다. 그러나 이 역시 3, 4달이 지나도록 발표가 없었다. 영업 잡지로써 무명작가를 홀대하는 것은 일견 당연한 일이었다. 유명 무명의 그 이름 석 자가 잡지의 부수를 올리는 데 큰 역할을 하기 때문이다.

특수한 관계없이는 어쩔 도리가 없는 일이었다. 그런 이면을 단적으로 증명하는 사건이 그 무렵에 나와 관련해서 일어났다. 노자영이 경영하던《신인문학》에 내 작품도 아닌 것이, 그 투고자의 이름이 내 이름과 비슷하다 해서, 그리고 내 이름이 그 투고자보다는 다소 좀 알려졌다고 해서 내 이름으로 고쳐져서 나온 것이다. 〈출견(出犬)〉이란 작품이 그것으로, 나는 이에 대해서 정식으로 잡지사에 항의하였다. 그러나 해지의 경영자라는 사람이 곧장 내 이름으로 투고되었다며 말도 안 되는 소리를 일삼았다. 그 결과, 마침내 쌍방 간에 욕설 논쟁까지 벌어지고 말았다. 잡지 판매 부수를 올리기 위해서 이런 일도 심심찮게 일어나던 때였다.

그 후 나는 《조선일보》 출판부에 직을 두면서, 예의 그 〈출견〉 건이 일어나게 된 이유에 대해서 알게 되었고 (노자영 씨가 《조선일보》 출판부원으로 있어서 그와 친해지게 됨으로써) 〈청춘도〉가 발표되지 않은 이유 역시 알게 되었다.

〈청춘도〉는 아직 누구의 눈도 한 번 거침없이 무명의 것이라고 그대로 몰서가 되고 말았던 것이다. 그랬던 것이 내가 그 건에 관해서 정식으로 문의하자 그제야 원고를 뒤적여서 이운곡이라는 외부 작가에게 비밀리에서 감정을 시켰다. 그 결과, 얼마 후 《조광》에 발표되는 기회를 얻게 되었다. 발표 결과 역시 그리 나쁘지 않았다. 무엇보다도 그 일을 계기로 내게도 작품 발표의 기회가 자유롭게 보장되었다.

일로(一路, 그렇게 되어 가는 추세) 나는 창작에 전력하였다. 그러나 나의 붓끝은 몇 해 지나지 않아 또다시 열이 빠지기 시작했다. 만주사변으로 인해 경무국 도서과가 검열을 강화한 것이다. 그 결과, 나뿐만 아니라 한창 흥성하던 문단 전체가 서리를 맞게 되었다. 그리고 연달아 일어난 태평양 전쟁은 검열 제도를 완전히 바꾸고 말았다. 그쯤 되자 모두가 붓을 놓게 되었다.

역시 마찬가지였다. 그러나 그럴 수만도 없었다. 위협의 채찍이 붓으로 전쟁에 협력하라고 등허리를 후려친 것이다. 모두 재주껏 붓을 들어야 했다. 나는 근로정신의 고취를 빙자했다. 〈시골 노파〉, 〈블로초〉, 〈묘예〉 등의 세 편이 이때의 소산이다. 그러나 이런 취재로서는 협력으로 인정해주지 않았다. 그러나 그 이상 나는 붓을 놀릴 수 없었다. 할 수 없이 붓대를 집어 던지고 시골을 몸을 피했다. 그렇게 해서 8·15를 시골에서 맞고, 재출발한다고 옷깃을 단단히 여미고 나서야 다시 서울로 올라왔다. 그 첫 작품이 〈별을 헨다〉였다.

그러나 6·25를 당하고 1·4후퇴로 피난살이를 하는 동안, 나는 인생이라는 데 흥미를 완전히 잃고 말았다. 흥미 없는 인간을 상대로는 붓끝이 더는 움직여지지 않았기 때문이다. 지금껏 창작에 붓을 대지 못하고 있는 이유가 바로 여기에 있다.

—1958년 8월 《신문예》 통권 2호

나의 소설 수업

계용묵

나의 소설 수업은 《창조》지에서 동원 이일의 〈몽영의 비애〉를 읽으면서 시작되었다. 그때 내 나이 16세로 보통학교 졸업 후 서당에서 《대학》을 펴놓고 '대학지도 재명명덕 재친민 재지어지선(大學之道, 在明明德 在親民, 在止於至善, 큰 배움의 길은 밝은 덕을 밝히는 데 있고, 백성들을 가까이하는 데 있으며, 지극히 좋은 것에 머무는 데 있다)'을 찾고 있을 때였다.

〈치악산〉이니, 〈심청전〉이니 하는 옛 소설만 보다가 〈몽영의 비애〉에서 조금도 헛놓으려고(아무렇게나 되는대로 놓음) 하지 않는 진실한 묘사와 산뜻한 표현에 (그때는 그렇게 보았다) 크게 감동한 나는 '나도 소설을 한 번 쓰고 싶다.'라는 엉뚱한 마음에 사로잡혀 불시에 백로지(白露紙, 갱지를 속되게 이르는 말. 지면이 좀 거칠고 품질이 낮아 주로 신문지나 시험지로 쓰인다)를 사다가 책을 매어 한 편의 소설을 써 보았다. 그러고는 그것을 당시 나와 같이

《창조》지를 애독하던 벗에게 내놓으며, 이것은 춘원의 작품을 내가 신문에서 베낀 것인데 썩 잘 썼으니 한번 읽어 보라며 권 하였다. 그랬더니 그 벗은 춘원이 썼다는 얘기에 그것을 정독한 후 과연 선생이라며, 우리는 언제나 한번 저렇게 써 볼까, 라면서 혀를 털었다. 그러자 나는 내 역량도 소설을 쓰기에 이만저만한 것이 아니라는 철없는 자부심에 잔뜩 부풀어 올랐다. 나아가 소설을 쓰면 춘원 부럽지 않을 것이라는 생각에 서당에서 읽는 《대학》은 훈장의 초달(楚撻, 어버이나 스승이 자식이나 제자의 잘못을 징계하기 위하여 회초리로 볼기나 종아리를 때림)이 무서워 형식적으로 읽는 척 입만 너불거린 채 머릿속으로는 소설 구상에 여념이 없었다.

그때부터 낮에는 서당으로 가서 《대학》을 안은 채 소설을 구상했고, 저녁에 집으로 돌아와서는 밤이야 깊거나 말거나 소설 쓰는 일에 열중했다. 어느 날이라고 소설을 구상하지 않은 날이 없었고, 그것을 쓰지 않은 밤이 없었다. 그러면서도 한편으로는 당시 동경의 《창조》와 같이 발간되던 《녹성》, 《현대》, 《삼광》, 《여자계》, 《학지광》 등을 위시하여 조선에서 나오던 《수양》이니 《개척자》, 《근화》, 《서광》, 《삼우》 등 잡지란 잡지는 그 종류를 막론하고 나오는 족족 모조리 사서 읽었다.

그렇게 읽고 쓰기를 한 1년쯤 하고 나니 그전에 써 놓은 글을 발표하고 싶은 생각에 잡지에 투고해보았으나 창간호가 종간호가 되는 바람에 밤을 새우면서 쓴 원고를 발표도 하지 못한 채 모조리 잘리고 말았다. 그 때문에 손수 쓴 그 글을 찾기 위해 한동안 붓을 쉴 수밖에 없었다. 그러던 중 《개벽》, 《서울》, 《학생계》 등의 잡지가 발간되었고, 제법 오래 이

어지자 또다시 투고의 흥미를 느껴 다시 붓을 들게 되었다. 그러나 《개벽》과 《서울》은 어쩐지 좀 엄엄한(매우 엄격함) 것 같아 거연히(당당하게) 투고하지 못하고 《학생계》 학생문단에 투고를 하게 되었다. 처음 학생문단 규정에는 소설이 없었기에 논문만 투고, 발표하게 되었는데, 그 후 소설 모집이 발표되었을 때도 소설은 쓰지 않고 논문만 자꾸 쓰게 되었다.

그때 나와 같은 투고 객으로 현 문단의 중진 자리를 차지하고 있는 김동환, 이태준, 김상용 제씨(諸氏, 여러 사람을 높여 이르는 말)는 지금껏 안면이 없어도 왠지 그 사이가 매우 가까운 것 같고 씨 등의 이름을 지상(紙上)에서 볼 때마다 옛날 그 시절 《학생계》의 학생문단 페이지가 눈앞에 선히 나타나곤 한다.

얼마 동안 학생문단에 글을 발표하고 나니 그 무대가 학생이나 하는 유지(幼遲, 여리고 미숙함)한 자리인 것 같아 무대를 신문으로 옮기어 《조선일보》 개방란에 한동안 맛을 들여오다가 《조선문단》이 이광수 씨 주재로 창간되면서 소설을 모집하기에, 그 규정에 추천 2차면 문단에 소개한다는 것이 부쩍 마음을 흔들어 다시 소설의 붓을 들었다. 그리하여 그 한 편이 써지기까지는 벌써 제1호로 최서해 씨가 《고향》의 추천으로 나오고, 채만식 씨의 〈세길로〉의 입선, 한병도(소설가 한설야의 본명), 박화성 이렇게 자꾸 쓸어 나오는데 어찌나 응모가 급하든지 소설 〈상환〉의 작업이 끝나기가 바쁘게 점심도 먹지 못하고 오리 밖에 있던 우편통으로 달려가 쓸어 넣었다. 그리하여 그것의 발표를 보게 된 것이 해지(該誌, 그 잡지. 즉, 《조선문단》) 제7호(5월호)로 얼마나 기쁘던지 지금도 그 호수(號數)와 월

수(月數, 달의 수효)를 잊지 않고 똑똑히 기억하고 있다.

이때부터 나는 논문과 시는 집어치우고 소설에만 전심하기로 결심하였다. 그러나 그것이 딩선은 되었지만, 그다음 날 창작 합평회에서 염상섭, 나도향 두 분의 평이 시원치 않아 좀 더 공부해야겠다는 생각에 붓과의 인연을 잠시 끊고 오직 독서에 열중하여 보려고 그동안 별러 오던 외국의 명작이란 명작을 모조리 사다 쌓아 놓고 침식을 아껴가며 책과 씨름하게 되었다. 그러는 동안 문단에는 경향 문학 바람이 불기 시작해 《조선문단》을 위협했고, 결국 경영난에 빠져 경영자가 바뀌면서 소설을 현상(상을 주지 않음)으로 모집하였다. 이를 보니 독서를 위해 그동안 눌러왔던 창작욕이 다시 맹렬히 끓어올라 다시 붓을 들어 《최서방》 한 편을 응모하여 당선되었다.

그러나 그 선후언(選後言, 심사평)을 접했을 때 얼마나 놀랐는지 모른다. 그 선자(選者, 심사위원)가 《고향》의 추천으로 문단에 나와 해지(該誌) 기자로 있으면서 〈탈출기〉와 〈십삼원〉 등을 쓴 최서해 씨였기 때문이다. 이에 왠지 권위도 없어 보일 뿐만 아니라 어처구니도 없어 보였다. 아울러 모욕을 당한 것도 같아 다시는 이런 곳에 투고하지 않으리라 마음먹었다. 그러나 발표의 자유는 없고 창작욕은 갈수록 성하여 하는 수 없이 독서의 여가에 〈인두지주〉라는 단편을 또 한 편 써서 《조선지광》에 보냈더니, 이것은 또 편집자 자기 멋대로 분성덕(글을 마음대로 고치고 자르는 일)해서 발표했지 뭔가. 그것도 약간의 문구만 고친 것이 아니라 작가의 의도는 아예 무시하고 편집자 본인 마음대로 글을 마구 헤쳐 놓았으니, 나는 여기서 또 한 번 어처구니가 없어 한바탕 웃고는 다시는 투고를 하지 않았다.

그 후 도동(渡東, 일본으로 건너감)해서 다시 학생 모자를 쓰고 독서와 씨름을 몇 해 하고 나니, 내가 그동안 쓴 소설이라는 것이 우습게 보일 뿐만 아니라 도대체 어떤 수준이라는 것이 매우 우습게 보였다. 그래서 이 수준을 넘어서야 그것이 비로소 소설이 될 수 있으리라는 생각에 시골집에 두문불출하고 들어박혀 짬짬이 단편을 시험해 보았다. 그 시절에 쓴 것이 〈임종〉, 〈준광인전〉, 〈제비를 그리는 마음〉, 〈고절〉, 〈마을은 자동차 타고〉, 〈신사 허재비〉, 〈장벽〉, 〈연애 삽화〉, 〈병풍에 그린 닭이〉, 〈오리알〉, 〈마부〉 등으로 그 대부분이 어느 정도 만족스러웠다.

그러나 그것만으로는 소설이 되기에 매우 부족함을 차츰 깨달았다. 그 결과, 소설이라는 것이 점점 어려워지며 거연히 손에 붓이 잡히지 않았다. 표현 기술부터 묘사, 구성 어느 것 하나 된 데가 없을뿐더러 소설의 소재부터가 그런 것으로는 되지 않을 것만 같았다. 나아가 소설이란 이래야 한다고 써 오던 종래의 그 리얼리즘 필법 역시 더는 마음에 붙지 않았다. 그리하여 처음으로 그것을 고치며 시험해본 것이 《백치 아다다》였다. 이것을 보고 어떤 친구는 그게 무슨 기문(奇文, 기묘한 글)이냐? 며, 그런 문장은 한창 감상에 젖어 있는 문청(文靑, 문학청년)이나 쓰는 것이라고 비웃기도 했다. 이에 나는 소설의 문장은 리얼리즘에서 다시 이 시대로 돌아와야 하는 것이라고 속으로 대답하며 종래의 필법을 버리고 지금의 필법을 갖는 데 만족하며, 이를 비웃는 사람을 비웃어 왔고, 지금도 여전히 비웃고 있다.

그러면서 다시 시험해본다고 붓을 들게 된 것이 《청춘도》였다. 이 한 편을 붙들고 애쓴 것이 자그마치 8개월이었다. 지금은 어떤 작품을 써도 그렇게 쓰거니와 몇 달을 두고 고친다. 그러면 원고지 여백까지 가득 차서 만족스럽지 않은 구절이 눈에 띄어도 고칠 자리가 없는 경우가 많다. 그럴 때는 그것을 또 다른 종이에다 전부 옮겨 써서 다시 고치고 고치기를 3, 4차례씩 한 적도 있다. 그렇게 해서 나온 작품이 〈부부〉, 〈붕우도〉, 〈유앵기〉, 〈캥가루의 조상〉이다. 그러나 이렇게 힘을 들여도 불만이 여전히 있을 뿐만 아니라 쓰기가 더욱 어려워 근자(近者, 요 얼마 되는 동안)에 와서는 또 붓을 들지 못하고 있다.

이것을 생각하면 소설이란 무엇인지 좀 더 알 것 같으면서도 그동안의 노력이 모두 허사로 돌아가는 것만 같아 안타깝기 그지없다. 그러니 자연 손에 붓이 잡히지 않을 수밖에.

새해 들면서 올해 안으로 10편을 꼭 쓰겠다며 복안(腹案, 겉으로 드러내지 아니하고 마음속으로만 생각함. 또는 그런 생각)에 있는 제목들을 벽에다 가지런히 써 붙이고 작업에 착수하였으나 구절마다 잘못만 되는 것만 같아 붓끝이 졸연히 내키지 않는다. 이렇게도 소설이란 쓰기 어려운 것임을 나는 근래 들어서야 비로소 알게 되었다. 그런 것을 지난날엔 앉은 자리에서 4, 50매를 내려쓰고도 부끄러움을 몰랐으니, 그 시절이 너무도 어처구니 없어서 혼자 헛웃음을 지을 때가 많다.

―1940년 2월 《문장》 제2권 2호

내 붓끝은 먼 산을 바라본다

계용묵

나는 지금도 소설과 인생이 무엇인지 잘 모른다. 처음 소설이란 것을 쓰기 시작했을 때도 소설이 무엇인지 모르고 썼다. 물론 인생이 무엇인지도 몰랐다.

소설이 무엇인지 모르면서 소설을 쓰는 동안 나는 소설이 무엇인지 비로소 알 것만 같았다. 인생이 무엇인지도 알 듯했다. 그래서 인생을 알고 소설을 쓴다고 소설을 써왔다. 하지만 이렇게 인생을 알고, 소설을 알고, 소설을 써 오는 동안, 내가 아는 인생이 그 전부가 아님을 알게 되었고, 내가 쓰는 소설 역시 소설이 아님을 알게 되었다. 이에 인생을 알기 위해 붓을 떼고 말았다. 인생을 모르는 소설이 무엇인지 모르면서 인생을 말하는 소설을 쓸 수 없었기 때문이다.

지금 나는 인생이라는 것은 고사하고, 나 자신이 누구인지도 모르면서 살고 있다. 만일 이런 것이 인생이라면, 그리하여 저 자신이 누구인지도 모르는 인생을 찾는 것이 소설이 갖는 임무라면, 그것을 쓸 수도 있을 것이다. 그러나 나 자신이 무엇인지도 모르는 이 인생에 차마 흥미를 느낄 수는 없다. 나아가 흥미 없는 인생에 붓끝이 가게 할 수는 없으니, 얼마 동안은 소설에 붓을 대지 못할 것이다.

오늘 이 자리에서 내가 인생을 알게 된다면, 그리하여 인생에 흥미를 느끼게 된다면 다시 붓을 들 것이다. 아마, 그리 된다면 나는 과학과 싸우는 소설을 쓸 것이다. 과학의 위력을 두드려 부수는 것만이 오늘날 우리 인생이, 즉 진실한 인생이 느낄 수 있는 통절한 부르짖음이어야 할 것 같기 때문이다.

과학의 힘과 예술의 힘을 맞비겨 보라. 과학은 지금 이 우주를, 이 인생을 진탕 치듯 짓이기고 있다. 동양 사상이 약시약시(若是若是, 이러이러함) 하면서 춘향의 절개를 가상하다고 무릎 치고 앉았다가 화성인(火星人, 우주인)과 악수를 하게 된다면 그때도 우리 인생은 예술을 말하고 살까. 또한 그때도 인생이란 것이 존재할까.

나는 오늘의 인생이라는 것을 정말 모르겠다. 화성인과 악수하려고 인생을 배반한 인생을 어찌 알 수 있단 말인가. 나 개인은 나 자신에 불과하다. 하지만 나도 이렇게 살아가고 있으니 인생의 일원임은 분명하다. 인생의 자격으로서 나는 지금 정신이 얼떨떨하다. 그래서일까. 지금 내 붓끝은 한참 먼 산을 바라보고 있다.

—**발표 연도 미상**

나의 수업 시대 — 작가의 올챙이 시절 이야기

이효석

엄마 품에 안겨서 〈추월색〉 탐독

일곱 살 전후로 가정과 사숙(私塾, 글방. 예전에, 한문을 사사로이 가르치던 곳)에서 《소학》을 배울 때 여름 한 철이면 운문(韻文, 일정한 운자를 달아 지은 글로 시를 말함)을 읽으며 오언절구를 짓느라고 애썼다. 그러나 즉경(卽景, 그 자리에서 보는 광경이나 눈앞의 경치)의 제목을 가지고 오로지 경물(景物, 계절에 따라 달라지는 경치)을 묘사할 적당한 문자를 고르기에만 골몰하였을 뿐 시적 감흥보다는 식자(植字, 글자를 고르는 일)에 여념 없었다. 그러니 그것이 오늘의 내 문학에는 그다지 도움 된 바 없다고 할 수 있다. 다만, 표현의 선택이라는 것을 배울 수는 있었다.

열 살 남짓해서 신소설 〈추월색(秋月色, 1912년 발행된 최찬식의 신소설)〉을 읽게 되었다. 이것이 이야기의 멋을 알고 문학이라는 것을 생각하게 된 맨 처음 경험이었다.

추운 계절이면 머리맡에 병풍을 둘러치고 어머니와 나란히 누워 〈추월색〉을 번갈아가며 되풀이해서 읽곤 했다. 건넌방 벽장 속에 〈사씨남정기〉, 〈가인기우〉 등 다른 소설책도 많았건만, 그 속에서 왜 하필이면 〈추월색〉이 내 마음을 사로잡았는지는 모르겠다. 병풍에는 무슨 화풍인지 석류, 탁목조 등의 풍경 아닌 그림이 폭마다 새로워서 그 신선한 감각이 웬일인지 〈추월색〉의 이야기와 어울려 말할 수 없이 신비롭고 낭만적 동경을 가슴속에 심어주었다.

정임과 영창의 비극이 시작된 것은 '동경 상야(上野, 우에노. 도쿄의 지명)공원'이었다. 그러나 웬일인지 그곳이 마음속에서는 자꾸 서울로만 짐작되었다. 어렸을 때 본 어렴풋한 서울의 기억과 아름다운 이야기가 한데 휩쓸려서 멋대로 꿈을 만들어낸 것이다.

네 살 무렵, 가친(家親, 남에게 자기 아버지를 높여 이르는 말)의 뒤를 따라 우리 일가(一家, 한집안. 즉, 가족)는 서울로 옮겨 왔다. 그때 수백 리 길을 가마 속에서 흔들리던 기억이 아직도 새롭다. 약관(弱冠, 남자 나이 스무 살) 전에 고향을 떠난 가친은 서울에서 수학한 후 조그만 사관(史官) 자리에 있으면서 벤저민 프랭클린의 전기 등을 번안, 저술하고 있었다.

25, 6년 전의 서울—돌이켜보면 순전히 이끼 낀 전설 속의 거리로밖에는 기억되지 않는다. 그때 우리는 푸른 한강을 조그만 귀웅배(독목주. 통나무를 파서 만든 작은 배)로 건넜다.

예배당에서 찬미가를 부르던 양녀(洋女, 서양 여자)의 얼굴 역시 퍽 인상적이었다. 또 저녁이면 원각사 근처에서 부는 날라리 소리가 이국적 환영을 싣고 찬란하게 흘러왔다. 모든 객관을 옳게 받아들일 능력이 없고, 다만 경이의 눈만 굴리던 어린 미음에는 모든 것이 이상하게만 보이던 시절이었다.

네 살 때의 이런 어렴풋한 기억에다 낙향 후 어머니로부터 수많은 이야기를 듣는 동안 마음속에 아름다운 꿈의 보금자리가 자리 잡게 되었다. 거기에 〈추월색〉의 아름다운 이야기가 들어와서 말할 수 없는 낭만적 동경을 싹트게 하였다. 정임과 영창의 애끓는 이야기는 서울 안에 얼마든지 흩어져 있을 것이요, 그 이야기의 배경이 되는 가을 달빛에 비친 '상야공원'의 풍경 또한 서울 구석구석에 있으려니 생각되었다. 그러니 〈추월색〉이야말로 이야기의 아름다움을 가르쳐 주고 어린 감성에 낭만의 꿈을 심어준 문학의 첫 스승인 셈이다.

그러나 열네 살 때 다시 공부하러 서울에 왔을 때는 이런 어린 시절의 꿈이 조각조각 부서져 버리고 점차 산문정신에 눈을 뜨게 되었다. 이에 서울이 더는 가을 달빛에 비친 '상야공원'이 아니었으며, 정임과 영창의 기구한 이야기 역시 길바닥에 흔하게 떨어진 아름다운 이야기가 아니었다. 환멸이 있고, 산문이 있을 뿐이었다.

생각건대, 그때부터 현실을 알게 되었고 리얼리즘을 배우게 되었는지 모르겠다. 그러다가 고등보통학교에 들어가 처음 읽고 통독한 것이 하필 체호프(Anton Chekhov, 러시아의 소설가이자 극작가로 리얼리즘 소설의 대가로 꼽힘)이었다. 우연치고는 묘했다.

머릿속에 새겨진 세계 문호의 인명부

14, 5년 전은 신문학 초창기로 문학열 또한 매우 높았다. 학교 기숙사 안에도 문학 기풍이 넘쳐나 자나 깨나 문학에 관한 이야기로 가득했다. 그러다 보니 학과 공부에 시달리면서도 누구나 수삼 권의 문학서를 지니고 있지 않은 사람이 없었으며, 너나 할 것 없이 모이기만 하면 문학 이야기에 열중하였다.

사(舍, 기숙사) 안에는 학교를 졸업하면 반드시 훈도(訓導, 초등학교 교원)가 되어야 할 필정(必定, 반드시 그렇게 됨)의 의무를 띤 사범과 생이 대부분이었다. 그들의 목표는 이미 정해져 있었지만, 문학열만큼은 쉬이 가라앉지 않았다. 그것은 문학에 능숙한 교유(教諭, 중등학교 교사)의 지도와 영향 탓도 있었지만, 당시 그런 필지(必知, 반드시 알아야 함)적 조세(潮勢, 풍조)에 놓였던 것도 엄연한 사실이다. 예를 들면, 루소(Jean-Baptiste Rousseau, 프랑스의 시인이자 극작가)의 《에밀》을 탐독한 것은 교육적 관심에서 나왔다고 하더라도 수많은 노문학(露文學, 러시아 문학)의 섭렵과 각국 번역시의 애독은 높은 문학적 관심 없이는 도저히 할 수 없는 노릇이었다.

때마침 동경문단(東京文壇)에서는 시가 전성기였다. 이에 신조사판(新潮社版, 일본의 출판사인 신조사에서 발행하던 책)이었는지 '하이네'와 '괴테', '휘트먼', '트라우벨'과 '카펜터'에 이르기까지 세계의 시인을 망라하다시피 하여 출판한 수진시집(袖珍詩集, 소매 안에 넣고 다닐 수 있을 만한 작은 시집. 즉, 포켓북)이 유행했으니, 그것은 내가 가장 애독하는 책이기도 했다. 조금 특수한 부문으로는 '에머슨'과 '니체'를 거의 전공하다시피 하는 이도 있었다.

소설로는 '하디'와 '졸라' 등 영불(英佛) 문학도 읽지 않은바 아니었으나 당시 대세였던 노문학을 넘을 수는 없었다. 그중 '푸시킨'과 '고골리'를 비롯하여 '톨스토이', '투르게네프' 등이 가장 많이 읽혔는데, 《부활》이나 《그 전날 밤》 등은 입에서 입으로 전해져 사내(舍內)에서는 거의 통속적(通俗的, 세상에 널리 통하는. 또는 그런 것)으로 전파되다시피 하였다. 그러다 보니 기숙사는 세계문학의 조그만 문고였고, 감상(鑑賞, 주로 예술 작품을 이해하여 즐기고 평가함)의 정도를 따지자면 제목만 좇으며 수박 겉만 핥는 것이 아닌, 그 음미의 정도가 매우 깊어서 거개(擧皆, 대부분) 소인(素人, 비전문가)의 경지를 훨씬 뛰어넘는 것이었다. 한마디로 진귀한 현상이었다.

하지만 불행하게도 총중(叢中, 떼를 지은 뭇사람. 여기서는 당시 기숙사 생활을 함께하며 문학에 열중했던 사람들을 말함)에 지금 문필로 성가(成家, 학문이나 기술이 뛰어나서 일가를 이룸)한 이는 단 한사람도 없다. 하지만 동경 모 서사(書肆, 서점)에서 장편소설을 출판한 이는 있었다. 이상한 것은 그들 대부분이 관북인(關北人, 함경도 사람)이라는 것이다. 이에 관북과 문학 ― 특히 노문학과는 어떤 유연관계(類緣關係, 어느 정도 가까운가를 나타내는 관계)라도 있는 것이 아닌가 싶은 생각도 든다. 관북인으로 파인(巴人, 시인 김동환의 호)이 시인으로 등장하였고, 서해(曙海, 소설가 최서해)의 이름은 아직 눈에 띄지 않을 때였다.

이런 분위기에 휩쓸린 까닭에 나는 문학적으로 미숙한 감이 없지 않았다. 당시 내가 처음으로 독파한 소설은 소년 소설 《쿠오레(이탈리아의 소설가 데 아미치스가 쓴 아동문학. 열두 살짜리 초등학생 엔리코의 1년 동안의 학교생활을 그린 것으로 학교와 가정, 교사와 학생, 국민과 조국 등의 관계에 관한 감정이 잘 묘사되어 있다)》였다. 구로

이와(黑岩淚香, 일본의 번역 작가 구로이와 루이코)가 번역한《레미제라블》에서는 파란중첩(波瀾重疊, 사람의 생활이나 일의 진행에 여러 가지 곤란이나 시련이 많음)한 이야기의 굴곡에 정신을 차리지 못하였고, 하이네의 시에서는 서정에 취하였으며, 그 번역자인 이쿠다(生田春月, 일본의 시인 이쿠다 순게쓰)로부터는 감상주의를 배웠다.

문학잡지로서 도움이 된 것은 역시 신조사에서 간행되었던 월간지〈문장구락부(文章俱樂部)〉였다. 처음 습작은 시였다. 기숙사에서 지내던 몇 해 동안 나는 조그만 노트 가득 시를 습작하곤 했다. 기숙사 앞과 옆에는 숲과 클로버가 가득한 풀밭이 있어서 늦봄부터 첫여름까지 거의 매일 그곳에서 시집을 보며 드러눕기도 하고 새까만 버찌를 따서 입술을 물들이기도 했다. 때마침 거리에는 가극단이 와서《레미제라블》의 몇 막을 선보이기도 했고, 극단에서는 톨스토이의《산송장》등을 상연하여 문학심을 한층 더 화려하게 불 지르기도 했다.

어떻든 그 즈음 나는 주위의 자극이 너무도 강했던 탓에 16, 7세기 세계문학의 윤곽이 웬만큼 머릿속에 잡혔고, 세계 문호들의 이름 역시 대충 알게 되었다. 그러나 지금 생각하면 그러한 숙학(夙學, 너무 일찍 배움)이 도리어 화가 된 듯도 하다. 섣불리 윤곽을 짐작하게 되고 명작의 경개(梗槪, 전체 내용을 간추린 대강의 줄거리)를 기억한 까닭에 소성(小成, 작은 성공)에 만족하고 그 후 오랫동안 많은 고전을 다시 완미숙독(玩味熟讀, 글의 뜻을 잘 생각하고 그 의미를 깨달음)할 기회를 얻지 못했기 때문이다.

교훈만 찾았던 그 시대의 괴벽

체호프의 작품을 거의 다 통독한 것은 고등 3, 4년 때로 나이로 치면 16, 7세 때였다. 무슨 생각으로 그맘때 하필 체호프를 그렇게 즐겨 읽었는지는 모른다. 어린 나이에 미묘한 작품의 향기나 색조까지 모두 알았을 리는 없고, 아마 개머루 먹듯 했을 것이 틀림없다. 그러나 어쨌건 끔찍이도 그의 작품을 좋아해서 검은 표지의 그의 작품집과 그의 초상화를 몹시도 아꼈던 것만은 분명하다. 그러나 좀 더 늦게 그를 공부했더라면 소득이 더 높았을 것을, 잘 읽었든지 못 읽었든지 한번 읽은 것을 재독할 열성(熱誠, 열렬한 정성)은 없어서 지금까지 그를 다시 숙독할 기회를 얻지 못한 것은 큰 손실이라고 할 수 있다. 퇴직 육군 사관 알렉세이ㆍ세르게이비치ㆍ무엇ㆍ무엇ㆍ무엇은……식으로 첫머리가 시작되는 그의 소설을 당시에는 얼마간 어설프고 지혜 없는 시고법(始稿法, 작품을 구성하는 방식)이라고 생각했는지 모른다. 그러나 지금 다시 생각하면 그것만으로도 충분히 훌륭하다고 할 수 있다.

이 정도의 문학안(文學眼, 문학작품을 보는 눈)밖에 갖추지 못하였으니, 그 감상에 있어 내가 얼마나 조루(粗漏, 생각이나 행동 따위가 꼼꼼하지 않고 거침)가 있었는지는 능히 짐작할 수 있을 것이다. 그러나 체호프로부터 리얼리즘을 배운 것만은 엄연한 사실이다. 또한, 아무리 '지루한 이야기'라도 소설로서의 그의 작품은 매우 재미있다. 훌륭한 예술일수록 그 근저(根底, 밑바탕)에 반드시 풍부한 낭만적 정신과 시적 기풍이 흐르고 있는데, 체호프의 작품이 그 당시의 것으로는 그 전형이 아니었나 싶다.

체호프를 읽기 전후 내겐 한 가지 기벽(奇癖, 남보다 유달리 이상한 버릇)이 생겼다. 어떤 이유에서인지 작품 속에서 반드시 모럴을 찾으려고 했고, 교훈을 집어내려고 한 것이다. 그러나 이 역시 문학을 완미(玩味, 시문의 의미를 잘 생각하여 맛봄)하는 데 있어 큰 장애가 되었다. 예를 들면,《햄릿》을 읽으면서도 작품의 중심이 되는 모럴이 무엇인지 알려고 부단히 노력했고,《베니스의 상인》을 읽을 때는 우정의 참뜻을 고창(高唱, 세상을 향해 강력하게 주장함)하려고 한 것이 작품의 동기가 아닌가 하고 생각하곤 했다.

체호프의 작품을 읽을 때 역시 마찬가지였다.《사랑스런 여인》에서는 사랑의 본능적 욕구라는 훈의(訓意, 작품의 뜻 혹은 의미)를 찾아내야만 만족스러웠다. 그러나 도저히 이런 태도로는 체호프의 수많은 작품을 옳게 이해하고 감상할 수 없었다. 작품의 진가가 반드시 교훈적인 것은 아니며 더욱 더 중요한 것은 여러 가지 예술적 요소라는 것을 안 것은 훨씬 후의 일이었다.

다시 시에 미치게 된 것은 예과 수험을 준비하던 18세 때로 영문으로 된 '셸리(Percy Bysshe Shelley, 영국의 낭만파 시인)'의 시를 탐독하면서부터다. 글자 그대로 미쳤던 것이니, 그의 단시(短詩, 짧은 시)를 기계적으로 모조리 암송하였다. 진정 그 의미를 알고 그랬는지는 알 수 없다. 그러나 술에 취하듯 그의 시에 흠뻑 취한 것만은 분명하다. 기괴한 것은 그에 심취(心醉, 어떤 일에 깊이 빠져 마음을 빼앗기는 일)하게 된 것은 그의 문학이 아닌 용모 때문이었다는 것이다. 그의 초상화에 반했고, 그의 전기에 흥미를 느낀 나는 차츰 그의 문학에 빠졌다. 지금 생각해도 우스운 일이지만 그런 법도 있는 것이다.

'셸리'에게서 열정을 배웠다면 아름다운 꿈을 꾸는 것을 배운 것은 '예이츠(William Butler Yeats, 아일랜드의 시인이자 극작가)'였다. 그에게 기울인 정성 또한 '셸리'에 절대 뒤지지 않아 그의 시 대부분을 외웠다. 그다음으로 찾은 작가는 '싱(John Millington Synge, 아일랜드의 극작가)'이었으니, 그로부터 아름다운 산문을 다시 발견하게 되었다.

이렇게 시에서 산문으로 다시 시에서 산문으로 옮기는 동안 내 안에 문학이 자랐으며 꿈과 리얼리티가 혼합된 곳에 예술이 서게 되었다. 아무리 리얼리즘을 구극(究極, 극도에 달함)하여도 그 안에서는 누구도 모르는 사이에 꿈이 내포되는 법이니, 그것이야말로 인간성의 필연인 동시에 예술의 본질인지도 모른다는 생각이 든다. 나는 그것을 〈추월색〉 이후 빙허(憑虛, 소설가 현진건의 호)의 《지새는 안개》에서 다시 찾을 수 있었다. 그 작품에서 받은 인상이 매우 아름다웠기 때문이다.

그렇게 해서 나는 예과에 들어서부터 본격적인 창작을 시작하였다. 그러나 오랫동안 혼자서 궁싯거리기만 했을 뿐 문단과 인연을 맺을 생각은 아예 하지도 못했다.

— 1937년 7월 25일∼29일 《동아일보》

첫 고료 — 작가생활의 회고

이효석

    신문소설 고료(稿料, 원고료) 규정이 언제부터 어느 정도 정연하게 섰는지는 모르지만 잡지 문학의 고료 개념이 확호하게(아주 든든하고 굳셈) 생긴 것은 4, 5년 전부터로 기억한다.

    《조광》,《중앙》,《신동아》,《여성》,《사해공론》등이 발간되자 소설부터 잡문에 이르기까지 작가들에게 일정한 고료를 주게 되었고, 이후 새로 만들어지는 잡지 역시 그 예를 본받았다. 어떤 잡지의 경우 종래의 관습을 깨뜨리고 새로운 개념을 수립하기 위해 원고를 청하는 서장(書狀, 편지) 끝에 "사(社)의 규정 사례를 드리겠습니다." 라는 한 줄을 첨가하기도 했다. 이 한 줄이 문학이 새 시대에 접어들었음을 알리는 첫 성언(聲言, 어떤 일에 대한 자기의 입장이나 견해 또는 방침 따위를 공개적으로 발표함)이 아니었을까 싶다.

    물론 이 일군(一群, 한 무리)의 잡지 이전에도《해방》,《신소설》등에서 고료라고 이름 붙은 것을 보내기는 했다. 하지만 극히 편파적(偏頗的, 공정하지 못하고 어느 한쪽으로 치우친. 또는 그런 것)인 것이었다. 비록 그 이전인 《개벽》 시대의 경우에는 어떻게 했는지 알 수 없지만, 어떻든 불규칙하고 편벽된 것이 아닌 본식(本式, 기본 방식)으로 고료의 규정이 생긴 것은 《조광》 등 일련의 잡지로부터 비롯되었다. 그러니 그것만으로도 차등지(此等誌, 잡지. 여기서는 고료를 지급한 잡지들을 통틀어서 말함)의 공헌이 적지 않다고 할 수 있다.

두말할 것 없이 문학의 사회적 인식이 커지자 수용(需用, 사물을 꼭 써야 할 곳에 씀. 또는 그 일이나 물건)이 더하고 상품 가치가 갖는 결과, 즉 작품에 처음으로 시장 가격이 붙게 된 것이니, 이런 점으로 보면 고료의 확립이 시대적인 뜻을 갖는다고 할 수 있다. 술이나 만찬으로 작가의 노고를 때우는 원시적인 방법이 청산되고 원고의 매수를 따져 화폐로 교환하게 된 것이니, 여기에 근대적인 의의가 있고 발전이 있다고 할 수 있는 것이다.

그렇다고 해서 고료의 확립을 계기로 문학의 성과에 일단의 진전이 시작되었다고 볼 수는 없다. 하지만 작품이 작품으로서 취급되게 되었을 뿐만 아니라 그것을 창작하는 작가의 심정에도 변화가 생겼다. 이에 따라 문학에 격이 서게 되었고, 문단의 자리가 잡힌 것 또한 엄연한 사실이다. 그러니 고료 확립이야말로 조선 문학사의 측면적 고찰에 있어 하나의 계점(契點, 특별한 부분)이라고 할 수 있다.

물론 현재 30대 작가들이 처음 고료를 받은 것이 4, 5년 전, 즉 《조광》 등이 창간되면서부터 시작된 것은 아니다. 좀 더 일찍 ― 나의 예를 들자면, 첫 고료의 기억은 15, 6년 전으로 올라간다. 고료라고 하기에는 격이 어울리지 않을지도 모르지만, 원고지에 적은 조그만 소설이 화폐로 바뀐 것은 엄연한 사실이다.

중학 4, 5년급 시절,《매일신보》에는 일주일에 한 번씩 증간되는 2면 일요부록의 문예면이 있었다. 그 시절 나는 일요일마다 4백 자 원고지 5, 6매의 장편소설을 투고해서 그것이 번번이 활자화되는 것을 보는 것이 숨은 기쁨이었다. 이에 근 반년 동안 수십 편의 소설을 투고했고 그것이 대부분 신문에 실렸다. 당시 갑상(甲賞) 십 원, 을상(乙賞) 오 원의 상금을 줬는데 —《홍소》라는 소설이 을상에 들어 오 원을 받았다. 아마 이것이 고료에 관한 최초의 기억인 듯 싶다. 가난한 인력거꾼이 길에서 돈지갑을 줍게 되어 그것으로 술을 흠뻑 마시고 친구들에게도 선심을 쓰는 — 장면을 그린 소설이었다. 발표된 지 며칠 만에 문예부 주임 이서구 씨가 오 원을 들고 일부러 무명 학동(學童, 학생)의 집을 찾아준 것이다. 마침 밖에 나갔던 관계로 그를 만나지는 못했지만 — 따라서 지금껏 이서구 씨와는 일면식이 없지만 — 집에 돌아와 그 소식을 듣고 송구스런 마음을 금치 못하며 한동안 그 오 원을 매우 귀중하게 여겼다.

그 후에도 시와 소설을 무수히 보냈지만, 원고가 고료로 바뀐 것은 그 한 번뿐이었다. 그 외에는 실어주는 것만으로도 고맙지 않으냐는 눈치였다. 사실 이는 그 전후 모든 잡지의 경향이기도 했다. 그래서《조선지광》,《현대평론》,《삼천리》,《조선문예》역시 거기서 벗어나지 않았다. 다만,《신소설》이 고료라고 일 원기원야(一圓幾圓也, 약 일 원 정도)를 몇 번 쥐어준 일이 있었고,《대중공론》은 고료 대신 주정(酒情, 술)의 향연으로 정신을 빼앗으려 들었다. 사실 지금 술이 이만큼 늘게 된 것도 《대중공론》의 편집장인 정(丁) 대장의 공죄(功罪, 공로와 죄과를 아울러 이르는 말)라고 할 수 있다.

《동아일보》와 《조선일보》 양지(兩紙)만이 단편과 연재물에 대해서 꼬박꼬박 회수를 따져서 지급했을 뿐, 잡지로는 《조광》의 출현까지는 일정한 규정이 없었다. 이전 《매신(每新, 매일신보)》의 부록 다음 시대에 《동아일보》 신춘문예에서 두 번 선자(選者, 작품 따위를 골라서 뽑는 사람. 즉, 심사위원)를 괴롭혀 이십 원과 오십 원을 받아낸 일이 있었지만, 이 역시 떳떳한 고료라고 하기는 어렵다.

《조광》 이후 소설이든 수필이든, 잘되었든 못되었든 간에 1매에 오십 전의 고료를 받는 것이 많지도 않고 적지도 않은 현금(現今, 바로 지금)의 시세인 듯하며, 당분간은 아마 이 고료의 운명과 몸을 같이 할 수밖에 없을 듯하다.

—1939년 10월 《박문》 12권

작가 단편 자서전

이효석

1. 나의 자화상(성격 및 외모)

그다지 변화 많은 얼굴이라고는 생각하지 않으나 사진을 찍을 때마다 얼굴 모습과 인상이 달라진다. 그 때문에 지금까지 마음에 드는 사진을 가진 적이 없다. 사진사가 내 얼굴을 잘 포착하지 못하듯, 나는 내 성격을 잘 포착할 수 없다. 그다지 조화(造化, 어떻게 이루어진 것인지 알 수 없는 신통한 일의 속내) 많은 마음이라고는 생각하지 않으나 부드러운 줄만 알고 있으면 쌀 쌀해지고, 쌀쌀하다고 생각할 때는 다시 부드러워지는 듯하다. 명랑한 듯싶다가도 금방 우울해지고, 곧은 줄만 알았는데 때때로 굽은 적도 많다. 하기야 사람은 누구나 다 그런 양면을 다소간에 갖고 있겠지만, 나는 내 얼굴과 성격을 생각할 때 늘 그것을 느끼면서 자책 편달(鞭撻, 경계하고 격려함)의 한 도움으로 삼는다.

2. 나의 연애 로맨스(이성과의 로맨스 및 연애관 또는 이성에 대한 감회 등)

연애 문제나 양성 문제는 일정한 해결 기준이나 척도라고 할 것이 없다. 따라서 그 해결 방법 역시 각각 다를 수밖에 없다. 특히 연애에의 열정은 그 어떤 열정보다도 강렬하므로 그 무엇에도 구속받기 싫다.

3. 문학에 입문하게 된 계기와 어린 시절 또는 근래 애독한 책

뚜렷한 동기라고 할 것은 없으나 어린 시절 〈추월색〉을 읽은 것이 아마도 문학의 벗을 알게 된 시초가 아닌가 싶다. 철없던 시절 체호프를 통독한 외에 한 작가를 사숙(私淑, 직접 가르침을 받지는 않았으나 마음속으로 그 사람을 본받아서 도나 학문을 닦음)한 일 역시 없다. 근래 들어 책을 너무도 오랫동안 읽지 않아 머릿속이 백지처럼 텅 빈 듯한 느낌이다.

4. 향수(고향에 대한 향수 또는 부모나 처자, 세상 명리(名利)를 모두 버리고 멀리 떠나고 싶은 적은 없는지)

향수라면 향수라고 할까. 항상 뭔가 꽉 차지 않은 서글픔을 느낀다. 어디에 가 있더라도 ─ 그곳이 아무리 편한 곳이라도 마지막까지 머물 곳이라는 생각이 들지 않으며, 그 어딘가에 더 편하고 마음을 잡을 곳이 있을 것 같은 생각이 든다. 그러나 막상 그곳에 가 보면 또 같은 감정을 느낄 것은 물론이다. 예를 들면, 고향에 가도 마냥 마음이 평안하지 않아, 어딘가에 내가 정말 가야 할 진정한 고향이 있을 것만 같다는 생각이 든다. 이 감정에 끝은 없으며 무한의 연속일 뿐이다. 거기에는 항상 불안과 초려

(焦慮, 애를 태우며 생각함)가 있으며, 고향은 보이지 않는다. 그 고향을 찾으러 여행을 떠나면 이번에는 도리어 이곳이 다시 그리워진다. 이것이 바로 사람의 정이다. 그렇게 볼 때 우리 인생은 서글픔의 연속이며, 나는 넓은 의미의 향수 ─ 늘 그것을 느낀다.

5. 마음을 가장 사로잡은 곳

뭐니 뭐니 해도 역시 금강산을 첫손에 꼽아야 할 것 같다. 그 속의 변화와 음영이란 참으로 복잡하고 끝이 없다. 특히 놀라운 것은 ─ 물이 푸르지 않고 초록이다. 나뭇잎과 똑같은 초록색인 것이다. 그렇듯 맑고 아름다운 것이 금강산이다. 다음으로는 주을(朱乙) 오지를 들어야 할 것이며, 동해 일대의 연안(沿岸, 육지와 면한 바다ㆍ강ㆍ호수 따위의 물가) 또한 내 마음을 사로잡은 몇 안 되는 곳이다.

6. 나의 반생(半生, 한평생의 절반)을 이야기한다면

10세 전후의 소년 시대에는 완풍(宛風, 잔잔한 바람) 아래서 신소설 〈추월색〉을 탐독하였고, 아이들과 풀밭 및 강가, 거리에서 뛰어놀았다. 20세 전후 청년 시대에는 예이츠의 시에 심취하여 문학에의 아름다운 꿈을 꾸었으며, 30세 전후의 장년을 거쳐 지금의 성년에 이르렀다.

─1938년 1월 《삼천리문학》

첫 기고의 회상

현진건

《개벽》이 창간된 지도 어느덧 10주년이 되었다고 한다. 세월의 빠름에 놀라지 않을 수 없다. 위대한 기백과 청신(淸新, 맑고 산뜻함)한 자태로 우리 앞에 나타난 첫인상이 어제 같거늘, 어느새 3천 6백 5십여 일이 지났단 말인가.

더욱이 감개무량한 것은《개벽》이 오늘날 그 형체도 없이 사라진 것이다. 그러나 짧으나마 굵게 살고 옥쇄(玉碎, '옥처럼 아름답게 부서진다.'라는 뜻으로, 깨끗하게 죽음을 가리키는 말)할지언정 와전(瓦全, '옥이 되지 못하고 기와가 되어 안전하게 남는다.'라는 뜻으로, 아무 보람도 없이 목숨만을 보전한다는 말)치 않은 그 정신과 기백만은 햇발과 같이 길이길이 우리의 앞길을 비출 줄 믿는다.

내가 처음《개벽》에 기고한 것은 〈희생화〉란 단편이었다. 명색이 창작으로 활자가 되어 보기는 그것이 처음이었다. 타는 듯한 의기와 조비

비('조가 마음대로 비벼지지 아니하여 조급하고 초조해진다.'라는 뜻으로, 마음을 몹시 졸이거나 조바심을 냄을 이르는 말)는 듯한 공구심(恐懼心, 몹시 두려워 삼가는 마음)으로 나는 밤잠도 자지 못한 채 그 발표 결과를 기다렸다. 그리고 내가 쓴 글자가 뚜렷하게 지면에 실린 것을 보고 까닭 모를 눈물을 흘렸다.

그후 나의 중요한 창작은 대부분 《개벽》을 통해 세상에 얼굴을 내어놓게 되었다. 그 때문에 오늘날 조그마한 문명(文名, 글을 잘하여 드러난 명성)이라도 얻은 것이 있다면 그것은 온전히 《개벽》으로 인해 생겨난 것이다.

〈희생화〉가 발표된 것은 《개벽》 창간 당년인 듯하다. 그러고 보면 내가 문단에 첫걸음을 들이민 지도 어느덧 10년이 지난 모양이다.

아, 이 10년 동안에 나는 무엇을 하였는가? 여하일소년 홀홀이삼십(如何一少年 忽忽已三十, '이 한 번의 젊은 나이를 어찌할 것인가, 어느새 벌써 서른 살이 되었으니.'라는 뜻으로 세월의 무상함을 가리키는 말). 어린 시절 《음빙실문집》에 읽은 이 시가 문득 생각나며 반성과 감개를 금할 수 없다.

—**1930년 7월 《별건곤》**

시문학 시절

노천명

그럭저럭 20여 년이 흐른 듯싶다.

《시문학》지를 내가 처음 구경한 것은 당시 해외 문학파들—이헌구, 김광섭, 고(故) 함대훈, 서항석, 김진섭, 이하윤, 유치진, 장기제 등의 제씨들이 모이는〈극예술 연구회〉에 드나들면서부터다.《시문학》은 시인 고 박용철 씨가 발간하던 것으로 고급 아트지만을 써서 책을 꾸몄을 뿐만 아니라 그 안에 담긴 시나 논문 역시 하나같이 티 없고 품격 높은 시지(詩誌, 시를 전문으로 수록하는 잡지)였다.

당시 이 상아탑 속에는 누구나 함부로 들어가지 못하는 것 같았다. 지금은 저명한 모모(某某, 누구라고 드러내지 않고 가리키는 말)한 시인들 역시 마찬가지였다. 그들 역시 그때는 감히 그 자리를 함부로 차지하지 못하였다. 가톨릭 교인에게서 어떤 향기가 맡아지리라는 것처럼《시문학》을 손에

쥐고 있으면 골 안에서 깊은 시향(詩香)이 가득 풍겨 나올 것만 같았다.

고(故) 박용철 씨의 매씨(妹氏, 남의 손아래 누이를 높여 이르는 말) 박봉자 씨가 마침 나와 같은 학급이었던 관계로 나는 그녀의 집에 가끔 놀러 가곤 했다. 그곳이 바로 박용철 씨가 《시문학》지를 내는 〈시문학사〉였다. 동경 외국어 학교를 나왔다는 박봉자 씨의 오라버니는 소박하게 빡빡머리를 깎은 양반이 안경을 쓰고, 발이 작았다. 또 눈이 커서인지 퍽 착하디착한 인상을 주는 분이었다.

무슨 이유 때문인지 그분은 혼자 사시고 매씨인 봉자 씨가 오라버니의 시중을 정성을 다해 받들었다. 그것을 보면서 나는 괜히 영문학에서 배운 찰스 램(Charles Lamb, 영국의 수필가) 남매를 연상하기도 했다.

그 후 〈시문학사〉는 견지동에서 적선동으로 이사를 했는데, 그때가 《시문학》의 황금시대가 아니었나 싶다. 그 시절 박용철 씨는 아직 세상이 모르는 보배들을 발굴해서 우리 문단에 내놓곤 했는데, 그 대표적인 작품이 바로 《영랑 시집》과 《지용 시집》이었다. 그 시집이 나올 때만 해도 문단에서는 영랑과 지용 두 분의 재능을 알고 있는 사람이 거의 없었다. 그러니 그 작품을 시집으로 묶어서 내놓는 일은 모험과도 같았다. 그런데 시인이요, 시 평론가였던 박용철 씨만은 그들의 재능을 한눈에 알아보았고, 그 시집 역시 유행하리라는 것을 자신했던 듯하다.

지용과 고(故) 영랑은 과연 〈시문학사〉가 낳은 값진 보석이었다. 그만큼 우리 문단에 이 두 시인을 발견해준 고 박용철 씨의 공은 매우 크다고 할 수 있다.

그들은《시문학》을 중심으로 해외 문학파들과도 자주 모임을 가졌고, 서로를 몹시 위하고 아꼈다. 한 번은 장기제 씨가 평안북도에서 서울에 온다는 소식을 듣고 그때부터 신부를 기다리는 신랑처럼 모두가 들떠서 하염없이 그를 기다린 적도 있다.

고(故) 박용철 씨는 시를 아는 이였다. 그래서 어디가 묻혀 있든지 좋은 시를 발견해냈다. 어쩌면 그분이 살고 간 생애 그것이 바로 시였으리라.

그러고 보면《시문학》시절은 정말 아름다웠다. 요즘 세상에는 구경도 할 수 없으리만큼. 무엇보다도 아름다운 우정이 빛을 발했다. 그들은 늘 만나고, 함께 일했으며, 한데 엉키었다. 또 벗을 위해서라면 어떤 희생도 감수할 줄 알았다. 나는 그 모습이 한없이 보기 좋았고, 그들의 그런 세계가 내심 부럽기도 했다.

해방된 지 여섯 해가 되도록 변변한 문학잡지 하나 손에 쥐어 보지 못하고 눈이 어지러울 정도로 보게 되는 잡다한 인쇄물을 대할 때마다 나는 그때의《시문학》이 다시 한 번 보고 싶어진다. 또한, 그 시절의 사람들이 몹시 그립다. 그런데 벌써《시문학》을 빚어내던 그들 가운데 박용철 씨를 비롯해 함대훈 씨, 또 영랑이 불귀의 객이 되고 말았고, 지용과 김진섭 씨는 이북으로 끌려간 뒤 생사를 모르게 되었다.

가을바람이 소슬한 오후, 고 박용철 씨의 미망인 임정희 여사가 홀연히 나타나 글을 청하고가신다.

—**발표 연도 미상**

나의 이십 대

노천명

인생의 여축(餘蓄, 쓰고 남은 물건을 모아 둠. 또는 그 물건)이 많았던 20대 시절, 청춘의 그 다이아몬드 같은 금새(물건의 값. 또는 물건값의 비싸고 싼 정도)를 내가 알았을 리 없다. 그러니 내 20대는 거기서 묵혀 버렸다.

하기야 화려한 서장(序章, 시작)이었다. 그때 이 나라에 하나밖에 없던 여자 대학 최고 학부를 나오자 모 신문사에서 금방 데려갔고, 거기서 일하면서 나는 나이팅게일이 노래를 토하듯이 쉴 새 없이 시를 토했다. 또 용정(龍井)이니, 북간도(北間道)니, 이두구(二頭溝)니, 연길(延吉) 등지를 한 바퀴 여행하고 와서는 《산호림(1938년 출간된 노천명의 첫 시집)》이라는 처녀 시집을 내놓았다. 지금은 흔적조차 없어진 남산의 그 호화스러운 경성호텔에서 정초에 출판 기념회를 하던 기억. 당시 나는 진달래색 옷을 아래위로 입었는데, 고 김상용 선생을 위시해 미세스(Mrs.) 매이너 등 참석자 모두가 박수갈채로 나를 축하해주던 일이 지금도 잊히지 않는다.

당시 내 눈은 먼 곳, 높은 곳만 바라봤다. 그러니 눈앞에 있는 것은 모두 마음에 들지 않았다. 내 일생의 병고(病苦, 병으로 인한 괴로움)는 진실로 여기서 시작되었는지 모른다.

20대 시절의 정열은 시작에만 머물지 않았다. 이화여전 시절부터 취미가 있던 연극을 다시 시작하게 되었으니, 당시 인사동 태화여자관(泰和女子館) 안에 있던 〈극예술 연구회〉에 가입하게 되었다. 그곳에서 함대훈, 이헌구, 서항석, 조희순, 이시웅, 모윤숙, 최영수, 고 김복진, 최봉칙, 신태선 제씨들과 밤마다 모여서 연극 연습을 하곤 했는데, 그때는 고단한 줄도 몰랐다.

안톤 체호프의 〈앵화원〉에서 모윤숙 씨는 라네프스카야 부인으로 분장하고, 나는 그녀의 딸 아냐 역을 맡아 입추의 여지도 없는 관중을 상대로 열연한 적이 있다. 그 연극에서 이헌구 씨가 대학생으로 분장하고 나의 상대역이 되었었는데, 춤추는 장면에서 원스텝도 떼어 놓을 줄 몰라 자꾸만 내 발등을 밟던 생각을 하면 지금도 웃음이 나온다. 그때 나는 트로트(사교춤의 한 가지) 정도는 출 줄 알았었는데, 일본까지 다녀온 그 양반은 춤을 출 줄 몰랐던 것이다.

그때 연출을 맡았던 홍해성 선생의 무지무지한 신경질을 받다 못해 나는 가끔 맡은 배역을 하지 않겠다며 화를 내고 거기서 빠져나오려고 했다. 그때마다 지금은 돌아가신 함대훈 씨가 오라버니처럼 나를 다정하게 대해줘 다시 주저앉곤 했다.

뭔지 모를 정열에 둥둥 떠 있던 시절이었다. 그러나 모임의 이성들과는 아무 일도 일어나지 않았다. 그런데 〈앵화원〉을 공회당에서 상연할 때 관객으로 왔던 모 교수와 러브 어페어(love affair, 연애)를 하는 일이 일어났다. 무슨 운명이었는지 모른다.

그렇게 해서 나는 처음 연애라는 것을 해봤다. 그러나 요즘 사람들이 들으면 이해하지 못할 일이 무척 많았다. 가슴은 항상 와들와들 떨렸고, 우리는 한 번도 어디를 버젓이(남의 시선을 의식하여 조심하거나 굽히는 데가 없이) 다니지 못했다. 연애하는 사람에게는 왜 그렇게도 천지가 좁으며, 아는 사람이 곳곳에 널려 있는 것인지. 그렇게 와들와들 떠는 마음, 결국은 그 마음이 내 첫사랑을 보기 좋게 날려 보내고 말았다.

모든 것이 용감무쌍했어야 할 20대에 있어서 나는 어리석고 약했다. 응당 화려했어야 할 20대를 나는 정말이지 무색하게 보냈다고 할 수 있다. 세상이야 뭐라고 하든.

—발표 연도 미상

자서소전

강경애

일찍 아버지를 잃은 나는 다섯 살에 의붓아버지를 섬기게 되었다. 의붓아버지에게는 전처가 낳은 아들딸이 있었는데, 어찌나 세차고 사납던지 거의 날마다 나를 때리고, 꼬집고, 머리를 태를 뜯어서 도저히 집에 붙어 있을 수가 없었다. 그래서 어머니가 빨래나 혹은 어디 볼 일 때문에 집 밖으로 나가시면 언제나 쫓겨나기 일쑤였고, 그때마다 나는 뒷산에 올라 어머니가 돌아오시기를 망연히 기다리곤 하였다. 삼십 넘은 내 눈엔 아직도 어머니가 돌아오시던 그 길이 아련히 남아 있다.

나는 여덟 살 때 아버지가 보다 놓아둔 《춘향전》같은 구소설을 보면서 국문을 깨쳤는데, 시골에 살면서도 《삼국지》, 《옥루몽》 등을 거의 다 독파하였다. 그 소문이 자자하게 퍼져 동네 할아버지 할머니들이 도토리 소설장이란 별명을 지어주기도 했고, 다투어 데려가 소설을 읽히고는 과자를 사주곤 했다. 그 바람에 나는 날마다 이 집으로 저 집으로 불려 다니게 되었다.

소학교에 들어가면서부터는 공부에 전심하고, 특히 작문 짓는 데 우수하였으니, 선생님의 칭찬과 친구들의 부러움을 한 몸 받았다. 그리고 중학교에 올라가면서부터 붓장난을 하여 친구들에게 내가 쓴 글을 읽어주곤 했다.

기숙사 생활을 하면서 성격이 다소 밝아졌지만—그러나 여전히 수줍음이 많아 한쪽 옆에 서 있는 경우가 많았다. 그 때문에 무엇이든 내 생각을 주장해본 적이 없고, 친구들의 의견을 꺾어본 적이 없다. 그저 묵묵히 친구들의 뒤만 따랐다.

친구들에게 학비가 오면 그저 좋아서 참새처럼 뛰고, 친한 친구들과 함께 무엇을 사다 먹으며 기뻐하곤 했다. 나 역시 형부가 보내주는 학비를 받는 날이면 하염없이 기뻤다. 그러나 한편으로는 마음 한쪽이 무거워지는 것 또한 사실이었다. 반가우면서 어찌 된 일인지 눈물이 났다. 그런 날이면 쉬 잠을 이루지 못한 채 달빛이 흰 비단처럼 깔린 교정을 왔다 갔다 하곤 했다.

지금은 한 가정의 주부가 되었지만, 아직도 약한 그 성격을 스스로 미우리만큼 지니고 있다.

—1939년 《여류 단편 걸작집》

자서소전

백신애

지금으로부터 꼭 삼십 년 전, 경북 영천읍에서 우리 부모님이 맑은 오월의 창공이 저문 어느 날 밤 비둘기 한쌍의 꿈을 꾸고 나를 낳았다고 합니다. 내가 태어나던 날부터 재수가 좋으셨다고 하며, 부모님은 나를 무척 사랑하셨어요. 그러나 나는 태어나면서부터 병약하고 못난이어서 늘 앓으면서 자랐다나요. 그러니까 꼬치꼬치 말라서 얼굴이 새카맣고 커다란 두 눈만 붙어 있어 별명이 '눈깔이'….

다섯 살까지 젖을 먹었는데, 할머니가 젖에 쓴 약을 바르면 안 먹느니, 라고 하는 말을 곁에서 내가 먼저 알아듣고, 젖이 먹고 싶을 때면 대접에 물을 떠다가 엄마 젖꼭지를 씻은 후 빨아먹었지요. 그래서 또 다른 별명이 '꾀보'….

열네 살까지 성냥을 그을 줄 몰라, 남이 확 불을 켜면 깜짝 놀라서 울고,

우물은 근처만 가도 들여다보기 무섭다며 울곤 했으니, 그런 못난이가 어디 있겠어요. 그래서 또 별명이 '겁쟁이'…….

다섯 살부터 글 배우기 시작했지만, 학교는 구경도 못 하고 열다섯까지 한문과 여학교 강의록을 독선생(가정교사)에게 배웠지요. 남들은 소·중·대학을 졸업하는 데 홀로 글방에서 케케묵은 《소학》, 《중용》, 《대학》을 책거리한 것입니다.

열여섯에 여학교에 지원했다가 아버지께 꾸중을 듣고 대구사범에 들어가 삼종(三種) 훈도(訓導, 교사)가 되어 일 년 팔 개월 동안 생활했습니다. 그러나 나는 교원보다는 여대생이 되고 싶었지요. 그러던 차에 오빠에게 감동하여 서울로 뺑소니를 치고 말았습니다. 그 후 〈여성동우회〉, 〈여자청년동맹〉 등에서 노란 기염을 막 토했답니다. 그러면서도 내 마음은 항상 문학에 가 있어 오빠 몰래 문학 서적을 읽는다고 애를 많이 썼습니다. 장래에 문학가가 되어보리라는 야심도 없이 그저 읽기만 좋아했답니다.

그렁저렁 이십 세가 척 되니 무엇이든 쓰고 싶고 발표도 하고 싶어 현상광고를 보고 하룻밤 사이에 휘갈겨 써서 응모했습니다. 그것이 조선일보 신춘문예에 당선된 〈나의 어머니〉라는 단편소설이었습니다.

문학을 시작함에 누구의 가르침도, 응원도, 동기가 될 만한 그 무엇도 가져보지 못했답니다. 그저 나 스스로 타고난 열정, 그것만 가지고 주위의 말 못 할 차별과 억압을 이겨내 왔습니다. 혼자서 분투해왔다고 할까요. 그처럼 내 문학의 길은 돌아보면 괴롭고 쓸쓸하기만 하답니다.

—1939년 〈여류 단편 걸작집〉

Part2 글을 쓴다는 것

쓸 때의 유쾌함과 낳을 때의 고통

쓸 때의 유쾌함과 낳을 때의 고통 | 현진건

면회사절 | 최서해

나의 예술 생활과 고독 | 노자영

문학을 버리고 문화를 상상할 수 없다 | 이 상

사진 속에 남은 것 | 김기림

소설을 쓰지 않는 이유 | 채만식

시와 일상생활 | 이병각

병상의 생각 | 김유정

작가의 생활 | 김남천

계란을 세우는 방법 | 김남천

쓸 때의 유쾌함과 낳을 때의 고통

현진건

창작할 때의 기분을 써 달라는 부탁을 받았다. 그리 끔찍한 창작가도 아닌 내가 창작의 괴로움과 기쁨을 적기로서니, 과연 제삼자의 흥미를 끌 수 있을까. 생각건대, 이름도 모르는 촌부(村婦, 시골에 사는 여자)가 평범한 아이를 낳는 이야기에 불과할 것이다. 하지만 위인걸사(偉人傑士, 위대하고 뛰어난 사람)의 어머니도 '어머니'로, 천한비부(賤漢卑夫, 천하고 신분이 낮은 사람)의 어머니도 '어머니'라 할진댄, 나의 작품 낳는 경로를 말하는 것도 무의미한 일은 아닐 듯싶다.

작품의 아기가 설 때처럼 유쾌한 일은 없다. 그 거룩한 맛, 기쁜 맛이란 하늘을 줘도 바꾸지 않을 것이며, 아무리 큰 땅덩어리를 줘도 바꾸지 않을 것이다.

밥을 먹을 때나, 길을 걸을 때나, 또는 눈을 딱 감고 누웠을 때나, 나의 환상 속에서 뛰어나오는 갖가지 인물들이 각각 다른 성격으로 울며, 웃으며, 구르며, 한숨지으며, 속살거리며, 부르짖으며, 내 머릿속 무대에서 선무(旋舞, 빙빙 돌며 추는 춤)를 출 때며, 관현악을 아뢸 때, 나는 모든 것을 잊어버리고, 그저 취하며, 그저 유쾌하다. 더구나 그들이 제멋대로 제 성격에 맞거나 배경을 찾아 형형색색으로 발전해 나가는 광경 — 혹은 비장, 혹은 처참, 부슬부슬 뿌리는 봄비처럼 유한(幽閑, 조용함)하게, 푹푹 까치놀(석양을 받은 먼 바다의 수평선에서 번득거리는 노을) 치는 바다처럼 강렬하게, 백금의 햇발이 번뜩이는 듯, 그믐밤에 풍우(風雨, 비바람)가 몰리는 듯……. 갖가지 정경이 서로 얽히고설킬 때 이보다 더한 감흥이 어디 있으랴. 이른바 법열(法悅, 참된 이치를 깨달았을 때와 같은 묘미와 쾌감)이란 이를 의미하는 것이리라.

그러나 낳을 때의 고통이란! 그야말로 뼈가 깎이는 일이요, 살이 내리는 일이다. 그러니 펜을 들고 원고지를 대하기가 무시무시할 지경이다. 한 자를 쓰고 한 줄을 긁적거려 놓으면 벌써 상상할 때의 유쾌함과 희열은 가뭇없이 사라지고, 뜻대로 그려지지 않는 무딘 붓끝으로 말미암아 지긋지긋한 번민과 고뇌가 뒷덜미를 움켜잡는다. '피를 뽑는 듯한 느낌'이란 아마 이를 두고 하는 말일 것이다. 한껏 긴장된 머리와 신경은 말 한마디가 비위에 거슬려도 더럭더럭 부아가 나서 견딜 수 없다. 이에 몇 번이나 쓰던 것을 찢어 버리면서 천품이 너무도 보잘것없고 하잘것없음을 한탄하는지 모른다. 이렇듯 글을 쓴다는 것은 몹시도 괴로운 노릇이다.

사람이 할 일이 비단 예술만 있는 것은 아니다. 하지만 무엇 때문에 '뮤

즈(Muse, 작가나 화가들에게 영감을 주는 여신)'의 재촉을 이렇게 심하게 받아야 하나라는 생각에 글쓰기를 여러 번 그만두기도 했다. 그러나 도저히 버리려야 버릴 수 없음을 어쩌랴. 한 달이 채 못 되어 예술의 충동을 걷잡으려야 걷잡을 수 없음을 어쩌하랴. 이에 아기 어머니 아기를 낳을 때의 고통을 참다못해 남편의 신을 돌려놓으라는 속담을 생각하고 스스로 웃은 적도 많았다.

애기가 잠시 빗나갔지만, 여하튼 글을 쓰기 시작할 때는 이토록 괴롭다. 그러나 이틀이고, 사흘이고 이 고통과 번민을 겪고 나면 그다음에는 적잖이 수월해져서 하룻밤을 그대로 밝혀도 원고지 다섯 장을 채 쓰지 못하던 것이 차츰 열 장 스무 장을 쓸 수 있게 된다. 고통의 검은 구름장이 터진 틈으로 유쾌한 빗발이 번쩍하고 빛나는 것이다. 이따금 침침한 구름장을 뚫고 나타나는 눈부신 햇발! 이것조차 없었던들 한 조각 단편조차 이루지 못했으리라.

이렇게 한 편을 만들어놓고, 한 번 읽어보면 뜻대로 아니 된 구절에 눈썹을 잠시 찡그리기도 하지만 알 수 없는 만족감이 가슴에 흘러넘친다. 어떤 분은 다 지어놓은 작품을 뜯어버리기도 한다지만, 나는 한번 완성한 것을 없앨 생각은 꿈에도 없다. 잘생겼든 못생겼든 모두 귀여운 내 자식이기 때문이다. 이에 구구절절이 읽고 또 읽다 보면 감격에 겨운 눈물이 두 뺨을 적실 때도 있었다. 그 눈물 맛이야말로 달기 그지없다! 거룩하기 그지없다!

—1925년 5월 《조선문단》

면회사절

최서해

모 잡지사에 있을 때다. 편집기일이 넘도록 나는 내가 맡은 원고를 쓰지 못하였다. 그것 하나뿐이면 그럭저럭 기일 전에 에누리 없이 들이대었을지도 모른다. 하지만 맡고 있던 일이 워낙 많다 보니, 머리를 자를 여유조차 없었다. 그러나 밥줄이 왔다 갔다 하는 판이라 울며 겨자 먹는 격으로 무슨 짓을 해서든지 2, 3일 내로 맡은 원고를 쓰지 않으면 안 되었다. 오두미(伍斗米, '쌀 다섯 말'이라는 뜻으로 얼마 안 되는 봉급을 말함)에 절요(折腰, 허리를 꺾음. 즉, 복종)한 것을 탄식하고 인철(印綴, 도장)을 끌러놓던 도처사(陶處士, 중국 진나라의 시인 도연명)가 부럽지 않은 바는 아니건만 눈앞에 절박한 실생활의 실성(實成, 실천)은 그런 것을 본받기에는 너무도 억세게 내 몸을 옭아매었다.

나는 '두통으로 출근할 수 없다.'라는 편지를 자자구구(字字句句, 각 글자

와각 글귀)까지 두통을 느낄 만큼 써서 회사에 보낸 뒤 아침도 거른 채 방에 들어앉았다. 이렇게 되면 면회사절은 물론이요, 조금이라도 소란하게 굴 만한 것은 모두 경외방축(境外放逐, 일정한 경계의 밖에서 쫓아냄)이다. 심지어 평상시에는 잠시도 잊지 못하던 시계까지도 그 순간만큼은 방축의 분자 속에 들게 된다.

이렇듯 뭔가를 쓸 때면 두 가지 못된 버릇이 발작하곤 한다. 하나는 밥을 굶는 것이고, 나머지 하나는 한적(閑寂, 한가하고 고요함)함을 구하는 것이다. 배가 팅팅 부르면 운동 부족으로 연래(年來, 지나간 몇 해. 또는 여러 해 전부터 지금까지 이르는 동안)의 위병도 심히 발작하는 동시에 그 압박으로 인해 생각도 잘 나지 않게 되고, 주위가 소란스러우면 잡념이 정념(正念, 올바른 생각)을 흔들어서 애꿎은 원고지만 찢게 되기 때문이다.

이런 습관이 언제부터 생겼는지는 자세히 알 수 없지만 그것이 큰 고통인 것만은 분명하다. 그러나 그 습성을 너그럽게 받아들일 만한 처지 같으면 문제 될 것이 없겠지만 그렇지 못하니 문제가 되는 것이다. 그중에서도 가장 문제 되는 것은 바로 밥을 굶는 것이다. 그러나 일주일이고 이주일이고 원고를 쓰는 동안 아주 안 먹느냐면 그런 것도 아니다. 낮에는 점심을, 밤에는 밤참 비슷하게 밤낮으로 두 끼만 먹는다. 그 때문에 소화도 잘되고 영양가가 높은 음식이 필요하지만 언제 내 팔자에 그런 호강을 하고 있으랴. 좋으나 궂으나 밥인데, 아침과 저녁은 거르고 점심만 평상시의 절반 정도 먹는 것이 상례(常例, 보통 있는 일)다.

이날도 늘 하던 양으로 아침을 거르고 들어앉아서 안 나오는 눈물 짜

내듯이 글을 짜내었다. '수필(首筆, 빼어난 글)은 무택필(無擇筆, 붓을 가리지 않음)'이라는 말처럼 원체 아는 것이 많고 노숙한 솜씨라면 때와 장소에 얽매이지 않겠지만, 얼마 되지 않는 재주를 가지고, 그래도 눈은 높아서 좋은 글을 쓰려니, 어디 그게 가당키나 한 일이겠는가.

그것은 정말 마음에도 없는 거짓 눈물 내기보다도 더 어려운 일이다. 그러니 애꿎은 곤욕을 받는 것은 원고지와 펜, 잉크뿐이다. 그럴 때마다 참으로 한심하기 짝이 없다. 왜 빈 항아리를 긁기 전에 항아리를 채울 공부부터 하지 않았을까. 왜 그렇게 없는 것을 박박 긁어가면서까지 열심히 글을 쓰지 않았을까.

누군들 그것을 한심하게 생각하지 않으랴만, 나로서는 정말 어찌할 수 없는 일이었다. 일전의 절박한 현실은 그렇게라도 하지 않으면 안 되게 만들었기 때문이다. 또한, 내가 지금껏 배운 무기 역시 그뿐이라, 그밖에는 더 도리가 없다. 근래 들어 뭔가를 쓸 때마다 이런 생각이 자주 들어 나는 나 자신이 한없이 부끄러워 쓰린 가슴을 매만지곤 한다.

"노루 때린 몽둥이를 삼 년이나 우려먹는다."라는 속담이 있다. 그처럼 매번 똑같은 제재를 갖고 천편일률적으로 써먹는 것을 생각하면 부끄럽기 그지없고, 항상 똑같은 핑계를 대는 것 역시 가슴이 저린다.

이날도 이런 생각으로 인해 공연히(아무 까닭이나 실속이 없음) 뒤숭숭한 마음을 겨우 붙잡아가며 한 줄 두 줄 끼적거렸다. 다행히 정오가 가까워지면서 거칠었던 생각에 기름기가 돌아 붓끝이 어느 정도 미끄러지게 되었다. 그런데 그때,

"××!"

하고 누가 나를 찾는 소리가 들려왔다.

"안 계십니다."

하는 것은 아내의 목소리였다.

"안녕하십니까? 어디 가셨어요?"

하면서 그 사람이 안으로 들어오는 소리가 들리기에 뜰아랫방에 있던 나는 미닫이를 가만히 닫았다. 2, 3일 전에 원산에서 올라온 원 군이었다. 그와는 고향 친구 사이로 어제 회사에서 만나 오늘 정오에 다시 회사에서 만나자고 약속하였던 것이 언뜻 생각났다. 이에 미닫이를 다시 열려다가 아내가 없다고 대답한 것이 생각나 잠시 멈칫하였다. 순간, 미안한 마음을 금치 못한 한편 행여 내가 있는 것을 눈치나 채지 않았을까 하는 생각에 숨도 크게 쉴 수 없었다. 원고는 물론 쓰지 못하였다.

그는 더운지 부채질을 하면서 닫아놓은 미닫이 앞 툇마루에 앉았다. 나는 마음이 뭉클하면서도 얼굴에 모닥불을 끼얹는 것만 같았다. 숫제 창을 열고 전후 얘기를 해버릴까도 싶었지만 막상 그를 대하면 무안할 것 같은 생각에 차마 용기를 낼 수 없었다.

복중(초복에서 말복까지의 사이로 가장 무더울 때)에 문까지 닫아놓고 앉아서 숨도 크게 못 쉬게 되니 그야말로 자승자박(自繩自縛, '제가 만든 줄로 제 몸을 옭아 묶는다.'라는 뜻으로 말과 행동을 잘못하여 스스로 옭아맴을 비유하는 말)이 따로 없었다.

다행히 그는 잠시 후 돌아갔다. 이에 다시 문을 열고 펜을 잡았지만 한

번 흐트러진 생각을 수습하기는 어려웠다. 할 수 없이 이미 써놓은 것을 읽기도 하고, 담배도 피우면서 억지로 그것을 잇대어 쓰려는데, 그 친구가 다시 집으로 뛰어들지 뭔가. 깜짝 놀란 나는 미닫이를 닫는 것도 잊어버린 채 황망한 표정을 지었다.

"회사에 전화를 걸어봤더니 몸이 아파서 집에 드러누워 있다고 그럽디다. 그래, 집에도 없다고 했더니, 그럼 어디 갔을까요? 라고 하더군요. 하하, 어디로 도망이라도 갔나 봅니다! 저녁에 다시 오지요."

그 소리에 나는 이마를 찡그리지 않을 수 없었다. 회사에다 거짓말한 것이 여지없이 들통 났기 때문이다. 자자구구까지 두통을 앓을 만큼 편지를 써서 보냈는데, 그 친구로 인해 모든 것이 거짓으로 밝혀졌기 때문이다. 내일 회사에 가서 뭐라고 변명해야 할지 벌써 머리가 아파왔다.

원고라도 끝이 났으면 그 때문이라고 호언장담이라도 하겠는데 그것도 이제는 글렀다. 이에 이러지도 저러지도 못하고 땀만 흘리고 방에 들어 낮아서 하루를 다 보낸 것을 생각하니 가슴속에서 슬그머니 화가 치밀었다.

나는 쓰던 원고를 그만 찍찍 찢어버린 후 취운정(翠雲亭, 서울 북촌에 있던 정자)을 향해 올라갔다. 맑은 하늘, 흰 구름, 푸른 그늘, 서늘한 송풍(松風, 소나무 바람)! 이런 것 하나도 자유롭게 찾지 못하고 더운 방안에 들어앉아 애쓰는 내 그림자를 생각하니 적이 가긍(可矜, 불쌍하고 가엾음)스러웠다.

—1928년 9월 25일 《조선일보》

나의 예술 생활과 고독

노자영

나는 언제나 내가 예술가라고 자처한 적도 없고, 나를 예술가라고 불러준 사람도 없다. 무엇보다도 내가 예술가로 행세하고 싶지 않다. 그러나 만일 내가 예술가의 말석이라도 차지하였다고 하면, 나는 매우 고독하고 쓸쓸한 사람이라고 말하고 싶다.

예술에 있어서 나는 벗도 없고, 지지자도 없다. 왜냐하면, 누구보다도 더 외롭고 적막한 삶을 살아왔기 때문이다.

얼만 전 장난삼아 어떤 관상가에게 얼굴을 보인 적이 있다. 그는 중언복언(重言復言, 한 말을 자꾸 되풀이함) 여러 말을 한 후 '洞庭秋月 三雁孤飛('동정호에 비치는 가을 달, 세 마리의 기러기가 외롭게 날아간다.'라는 뜻으로 외로움을 뜻함)'라고 내 상을 평하였다. 나는 관상가의 모든 말을 믿지는 않지만, 그 말만은 지당하다며 무릎을 쳤다.

그렇다. 나는 매우 외로운 사람이다. 어떤 시인은 고독을 '내 영혼의 궁전'이라고 노래하였지만, 나는 반생을 살아오는 동안 고독을 나의 궁전으로 여기고 '삶'의 길을 묵묵히 걸어왔다. 그런 점에서 나는 고독을 매우 좋아하는 사람이다. 아무도 없는 방에 고요히 누워 천정을 바라보며 묵상을 하거나, 그렇지 않으면 외로운 산길을 혼자 걷는 것이 한없이 좋다. 또 산 아래 숲속에 들어가서 팔짱을 끼고 깊은 생각에 잠겨 있으면 마치 날개를 달고 창공을 나는 새가 된 것처럼 상쾌하고 시원하기 그지 없다. 그 때문에 어떨 때는 아내가 옆에 있는 것도 싫고, 아이들이 옆에 있는 것이 귀찮을 때도 있다. 이에 몇 해를 두고 홀로 다른 방에서 거처하며 고적(孤寂, 쓸쓸하고 외로움)함을 만끽하기도 했다. 그러다 보니,

"당신은 괴물이에요."

하는 아내의 비웃음을 사기도 했고, 친구들로부터 이상한 취급을 받은 적도 있다. 그러나 애당초 생긴 성질이 이래서 누구와 사귀는 것도 싫고, 누군가를 찾는 것도 귀찮아, 사교와는 아예 장벽을 쌓고 말았다.

그런 생활에서 나오는 나의 예술은 매우 선이 가늘고 고독하다. 감상적인 옛 모습을 버리지 못하고, 일종의 치기(稚氣, 어리고 유치한 기분이나 감정)에 가까운 글을 쓰게 된다. 이에 "불탄 강아지 같은 '센티멘털리즘'이니, 과부의 하소연 같은 세기말적(世紀末的) 글"이니 하고 악평을 받은 일도 있다.

사실 그 사람들의 평가가 지당하지 않은 것은 아니다. 그러나 나의 성격이 그렇고, 나의 환경이 그러함에는 어쩔 수가 없다.

나의 예술을 그런 세기말적 상아탑 속에서 끌어내기 위해 나만의 고독을 버리고 흙냄새와 발걸음 소리가 요란한 리얼리스틱한 예술을 쓰고자 노력하지 않은 것은 아니다. 그러나 천래(天來, 타고남)의 성격을 후천적 노력으로 교정하는 것은 적잖이 어려운 일이었다. 아울러 제2의 성격을 가지고 새로운 예술에 진출하는 것 역시 쉽지 않았다.

　고독한 성격과 고독한 예술을 청산하기 위해 나는 갖은 노력을 다해 보련다. 흙냄새와 공장 냄새 나는 리얼리스틱한 예술을 쓰기에 내 반생을 바치련다. 그러나 노력을 다하고, 힘을 다해도 천분(天分, 타고난 재질이나 직분)이 없고, 시간이 없는 데는 어쩔 수 없다. 모든 것을 운명에 맡기고 내가 걷고 싶은 길을 걸을 뿐이다.

―발표 연도 미상

문학을 버리고 문화를 상상할 수 없다

이 상

도야지(돼지)가 아니었다는 데서 비극은 출발한다. 인생은 인생이라는 그만한 이유로 이미 판토폰(Pantopon, 아편을 정제하여 그 알칼로이드를 염산염으로 만든 진통제 및 기침약. 내복 또는 주사용으로 쓰인다) 3g의 정맥주사를 처방받아 있는 것이다. 피테칸트로푸스(Pithecanthropus, 19세기 말 자바 섬 트리닐 부근에서 발견된 화석 인류)의 너덧 조각되는 골편(骨片, 뼛조각)에서 위선 풍우(風雨, 비바람) 때문에 혹은 적의 내습(來襲, 습격)에서 가졌을 음삼(陰森, 나무가 우거져 어두움)한 염세 사상의 제1호를 엿볼 수 있고, 그것이 점점 커짐으로 인해 인류가 자살할 줄 알기까지 타락되고, 진보되고 하여 지상에서 맨 처음 이것이 결행된 날짜가 전설에 불명(不明, 분명하지 않음)하되 인간이라는 관념이 서고부터 빈대 혈흔 점점(點點, 점을 찍은 듯이 여기저기 흩어져 있는 모양)한 담벼락에 기대어 앉아서 요한 슈트라우스 옹의 육성을 듣게까지 된 데 있는 우리

끼리 고자질하는 유상무상(有像無像, 별의별 사람)의 온갖 괴로움이야말로 아담과 이브가 저지른 과실에서부터 세습이 시작된 영겁(永劫, 극히 긴 세월) 말대(末代, 말세)의 낙형(烙刑, 단근질. 즉, 불에 달군 쇠로 몸을 지지는 형벌)이지 이 향토만이 향토라고 해서 받는 원죄인 것처럼 탄식할 것이 되느냐.

*

　　그러나 이 향토는 이 향토이기 때문인 이유만으로 해서 초근목피(草根木皮, '풀뿌리와 나무껍질'이라는 뜻으로, 양식이 부족할 때 먹는 험한 음식을 비유적으로 이르는 말)로 목숨을 잇는 너무도 끔찍끔찍한 이 많은 성가신 식구를 가졌다. 또 그 응접실에 걸어 놓고 싶은 한 장 그림을 사되 한 꿰미(물건을 꿰는 데 쓰는 노끈이나 꼬챙이) 맛있는 꼴뚜기를 흠뻑 에누리 끝에야 사듯이 그렇게 점잖을 수 있는 몇 되지도 않는 일가도 가졌다. 이어 중간에서, 그중에도 제일 허름한 공첨(空籤, 당첨되지 않은 제비)을 하나 뽑아 들고 어름어름(말이나 행동을 분명히 하지 않고 자꾸 주춤거리는 모양)하는 축이 이 향토에 태어난 작가다. 카인(《구약성서》에서 아담과 이브의 맏아들로 동생 아벨을 죽임) 말예(末裔, 먼 후손)의 죄업(罪業)에, 문학 때문에 가져야 하는 후천적인 듯도 싶어 보이는 숙명에, 가하여 이 향토에 태어났대서 안 뽑을 수 없는 공첨 딱지를 몸에 붙이고, 이 향토의 작가는 그럼 누구에게 문학을, 그의 작품을 떠맡길 수 있느냐. 작가는 대체 초근목피 편이냐, 응접실 편이냐.

　　재능 없는 예술가가 제 빈고(貧苦, 가난하고 고생스러움)를 이용해 먹는다는 콕토(Jean Cocteau, 프랑스의 시인이자 소설가)의 한마디 말은 말기 자연주의 문학을 업신여긴 듯도 싶으나, 그렇다고 해서 성서를 팔아서 파리를 사도 칭찬받던 그런 치외법권성(治外法權性)은 은전(恩典, 나라에서 은혜를 베풀던 특전)을 얻어 입기도 이제 와서는 다 틀려버린 것이 오늘의 형편이다. 맑스주의(Marxism, 마르크스주의) 문학이 문학 본래의 정신에 비추어 허다한 오류를 지적받게 되었다고는 할지라도 오늘의 작가는 누구나 그 공갈(恐喝)적, 폭풍우적 경험은 큰 시련이었으며, 교사(教唆, 남을 꾀거나 부추기어 못된 짓을 하게 함) 얻은 바가 많았던 것이 사실이다. 성서를 팔아서 고기를 사 먹고 양말을 사는데 주저하지 아니할 줄 알게까지 된 오늘 이 향토의 작가가 작가 노릇 외에 아무것도 하는 일 없이 혹은 하려고 해도 할 수 없다고 해서 작품―작가 내면생활의 고갈과 문단 부진(不振)을 오직 작가 자신의 빈곤과 고민만으로 트집잡을 수 있을까.

한편은 조밥과 이밥의 맛은 똑같다는 지식에 있어 훨씬 더 확실성이 있겠고, 한편은 돈내기 마작과 무역상 경영에 관한 일화(逸話, 세상에 알려지지 않은 흥미 있는 이야기)에 구미가 훨씬 더 당길 것이니, 이것은 한 편의 창작에 감격하는 버릇보다도, 적자를 내기 쉬운 출판 사업보다도 훨씬 더 진실한 취미일 것이고, 그 버릇을 못 고친다고 해서 작가가 이편저편 할 것 없이 섣불리 설유(說諭, 말로 타이름)를 하려 들거나 업신여기려 들었다가는 그것이야말로 어둡기가 한량없는 일이다. 자칫하면 작가를 세상일을 너무 모르는 사람 혹은 제일 게을러빠진 사람으로 돌리게 되는 수가, 그래서 있는 것이 아닌가.

한 편의 서정시가 서로 달착지근하면서 사탕의 분자식 연구만 못 해 보일 적이 꽤 많으니 이것은 엊저녁을 굶은 비애와 동신주(東新株, 주식회사 도쿄 취인소 신주권) 폭락 때문인 낙담과 아리시마 다케오(有島武郎, 일본의 소설가)의 《우마레이즈루나야미》와 한 작가의 궁상스러운 신변잡사와 이런 것들의 경중을 무슨 천칭(天秤, 저울)으로도 논하기 어려운 것이나 흡사한 일이다. 문화를 담당하는 직책이 제각각 달라서 그런 것이니까 《서부전선 이상 없다》만큼 팔리지 않는 창작집을 좀 출판해 달라고 조르지도 말고 '밥부터 주' 하는 촌락에 문예 강좌를 열지도 말고 — 그럼 작가는 자신의 빈고(貧苦, 가난으로 인해 겪는 고생) 또는 이런 갖가지 실망으로 인해서 문학 비관에서 문학을 그만두겠다는 생각까지를 결국은 일으키게 되는 것일까.

문학이 사회에 앞서는지, 같이 걷는 것인지, 뒤떨어져 따라가는지 그 것은 여하간(如何間)에 문학이 없어진 사회 문화를 상상하기는 어렵다. 문학을 믿는 작가는 그 불리(不利, 이롭지 아니함) 아래 모파상(Maupassant, 프랑스의 소설가)이 잡지 일을 할 적에 감언이설로 투르게네프(Turgenev, 러시아의 소설가)를 꼬여서 《악령》의 원고를 얻어 싣고는 뒷구멍으로 막 욕을 하였다는 가십이 주는 풍부한 암시에도 비춰 순대 장사를 하면서, 문예 기자로 지내면서, 외교관 노릇을 하면서 묵묵히, 대담히 영영(營營, 명예나 이익을 얻기 위해 몹시 아득바득하게 지냄)히 있을 것이다. 즉, 손(손님)이 몸소 잡수실 고추장을 누구에게 가서 얻어오라 하는 것이다.

누구에게 읽히느냐. 언제 무슨 힘으로 작품을 내어놓겠느냐. 그러나 문학 본래의 임무는 좀 더 욕심이 큰 것이리라 믿는다. 순대를 팔아도, 팔아도 오히려 빈고에서 면치 못하였다거나 그 짓이나마 하려야 할 수도 없다거나 하는 데서 오는 가지가지 문제는 저절로 별다른 일에 속한 것이며, 이에 작가는 작가 된 자격에서 마땅히 하여야 할 궁리가 또 있을 것이다. 이래도 견딜 수 있었느냐 하는 것이 가장 진실하고 행동적인 문학의 도(徒, 무리)의 최후의 시금석(試金石, 어떤 사물의 가치나 어떤 사람의 역량을 판단하는 기준이 될 만한 것을 비유적으로 이르는 말)이 힘든 짓을 해내자니 성서는 벌써 다 살코기로 바꾸었을 것이다. 이래서 지상 어떠한 위치에서도 건전한 문학이 있는 로맨틱하지 아니한 진정한 작가의 모양을 발견할 수 있게 될 것이로되, 이러한 우답 우문이 이 향토인데도 과연 쉽사리 수긍될 수 있을는지.

— 1935년 1월 6일 《조선중앙일보》

사진 속에 남은 것

김기림

미운 여자도 헤어져서 오래 지나면 이상스럽게 그리워지는 법이다. 시간은 참말이지 요술쟁인 게다. 그는 지나간 날의 것이면 무엇이건 자줏빛 회상의 안개로 곱게 싸지 않고는 우리 앞에 갖다 내놓지 않는다.

그러니까 나는 때때로 어떤 행복스러운 일을 당할 때면 속히 그 시간으로부터 떠났으면 하기도 한다. 그것은 물론 그 행복도 이윽고 깨어지고 말 과거의 약속하던 행복들의 또 다른 한 개의 속임에 불과하다는 나의 절망적인 예감으로부터도 오는 일이지만, 또 한편으로는 그렇게 무너지기 쉬운 까닭에 기억 속에서 그것을 우연히 만난다면 더욱 예뻐 보일 것 같아서도 그러는 것이다.

나는 인생에 있어 현실주의자다. 될 수만 있으면 내 앞에 닥쳐오는 순간순간의 생을 의의 있고, 즐겁게 살며, 향락(享樂, 즐겁게 누림)하고 싶다. 그런 까닭에 '침울'이라는 것을 나는 미워한다. 따라서 어지간히 어려운 일이 닥치더라도 그것을 어떻게 가장 용감하게 뚫고 나갈까에 대하여 생각할지언정 나를 압박하는 고민이나 난관에 압도당해 우울해지는 것은 일부러 피한다.

나는 어려서 벌써 '크리스천'에서 개종해버렸다. 내세(來世, 죽은 뒤에 다시 태어나 살게 된다는 미래의 세상)라는 말은 암만해도 '센티멘털'한 회고주의자의 현실도피의 비명처럼 생각되었던 것이다.

나는 평상 나의 어린 날에 대하여 그렇게 감상적이 되어 본 일이 없다. 그 때문에 귀여운 어린 것들을 보아도 반드시 천사라고 찬미하고 싶지 않다. '루소(Jean-Jacques Rousseau, 프랑스의 철학자이자 시인)'가 아이를 흠모한 것이든지, '마티스(Matisse, 프랑스의 화가)'가 야만을 동경한 것이든지 모두 '로맨티시즘'에 불과한 것 같다. 어린아이를 본받으라고 가르친 '예수'도 그런 의미에서 역시 '로맨티시스트'다.

나는 어린아이 속에서 벌써 천사와 악마의 두 얼굴을 봤기 때문인지도 모른다. 물질적으로 꽤 축복받은 환경 속에서 자라면서도 정신적으로는 한없이 쓸쓸하였고 고독하였던 나의 어린 시절의 기억이 나로 하여금 이러한 어린 날에 대한 비슷한 현실주의자를 만들었는지도 모른다. 그래서 나의 어린 시절은 하마터면 아편을 먹고 자살해버린 '콕토(Jean Cocteau, 프랑스의 시인이자 소설가)'의 무서운 아이들이 되고 말았을 것이다.

사실 나는 열다섯 살 때 중학교 작문 선생으로부터 "애가 이 뽄(本)으로 글을 쓰다가는 필경 자살하겠다."라는 경고를 받은 일이 있다. 나의 본래 정체는 역시 감상주의자였다. 그러니 내가 오늘 감상주의를 극도로 배격하는 것은 나의 영혼의 '죽자구나' 하는 고투의 표현이기도 하다. 물론 군은 시대의식으로부터 나오는 것이기도 하지만 그렇거나 말거나 나의 어린 날은 확실히 갔다. 나의 몸에서 벌써 사라졌다.

나의 어린 날은 오래된 사진 속에나 겨우 남아 있다. 그 하나는 아버지와 그리고 공부하던 누이와 함께 찍은 것이고, 또 하나는 어머니와 여러 누이와 함께 찍은 것이다.

그러나 누이와 어머니는 내가 여덟 살이 채 되기도 전에 나의 어린 날을 회색으로 물들여 놓고는 그만 상여를 타고 가버렸다. 잔인한 분들이었다. '보들레르(Baudelaire, 프랑스의 시인이자 비평가)'는 권태는 악덕의 하나라고 하였다. 침울함은 내게 있어 악덕의 하나다. 그것은 악마의 선물이다. 그래서 나는 그것을 애써 피한다. 어린 날의 나를 슬프게 하던 침울함을 나는 차라리 잊어버리고 싶다. 그러나 나의 침상 위에 걸터앉아 있던 천사의 얼굴만은 결코 잊어버리고 싶지 않다.

그 명랑, 그 쾌활함, 그 천진난만─그것들은 영원히 나의 성격 위에서 잃어버리고 싶지 않다. 사실 나의 친한 벗들은 모두 어디라 없이(꼭 어디라고 일정하게 정함이 없이) 어린아이와 같은 데를 가지고 있는 사람들이다.

오─역시 나는 잃어버린 어린 날을 그리워하고 있는 건가.

─1934년 5월 《신가정》 2권 5호

소설을 쓰지 않는 이유

채만식

1

K군!

잊지 않고 소식 전해주니 고맙소. 이는 인사치레로 하는 말이 아닌 진심으로 고마워서 하는 말이오.

왜 이런 새삼스러운 얘기를 하느냐면, 얼마 전에 가깝게 지내던 친구 한두 사람을 잃어버렸는데, 생각하기조차 싫은 불쾌한 여운이 아직까지 남아 있기 때문이오. 그렇다고 내가 도덕군자나 장자(長者, 덕망이 뛰어나고 경험이 많아 세상일에 익숙한 어른)들이 곧잘 얘기하는 교우지명(交友之銘, 친구와의 사귐을 바위에 새김) 같은 숭고함(?)을 떠받드는 것은 아니오. 다만, 이렇게 생각하오.

벗의 단처(短處, 부족한 점)를 알되, 그것을 꾸짖지 않고, 장점은 공리적(功利的, 어떤 일을 할 때 자신의 공명과 이익을 먼저 생각하거나 추구함. 또는 그런 것)으로 이용하지 않고, 심미적 만족감으로써 대해야만 참된 우정이라고 할 수 있다고 말이오.

이렇게 말하면 내가 무슨 이상주의자 같겠지만, 사실이 그러하오.

부유한 이들에게 참된 친구가 거의 없는 것, 시정(市井, 인가가 모인 곳)의 평범한 이들 사이에 남녀 사이의 연정과 같이 모든 것을 초월한 진실한 우정이 많은 것이 이를 증명하고 있소.

어떻게 보면 나는 사리에 어긋나는 교우관을 갖고 있다고 할 수 있소. 이번에 틈이 벌어진 친구들과의 일에 대해서도 그에 준하는 해석을 하지 않을 수 없소. 나를 이용할 만한 가치가 없어지니 인간적 단점을 구실 삼아 멀리하는 게 아닌가? 해서 말이오. 그래서 불쾌하기 짝이 없소. 하지만 정에 약한지라, 그 친구들을 잊을 수 없을 뿐만 아니라 그런 나의 해석이 제발 나만의 오해이기만을 바랄 뿐이오.

그러던 차에 군이 이곳저곳 부탁해서, 내 처소를 수소문 한 후 알뜰히 편지를 보내준 것이 가슴 아프도록 고맙기 그지없소. 하지만 정작 하려던 말은 제쳐 놓고 이렇게 신세를 한탄하고 있으니 뭐라 할 말이 없소.

군은 내게 이렇게 물었소.

"다른 사람은 훨훨 앞서서 달리는데, 왜 창작을 하지 않으십니까?"

나라고 왜 야심이 없겠소.

군이 그렇게 말하지 않아도 나 역시 초조하기 그지없다오. 나와 함께 문단에 나왔던 이들 가운데 활발한 활동을 통해 충분한 기반을 닦은 이가 적지 않기 때문이오. 그뿐만 아니라 나보다 훨씬 늦게 나온 이들 역시 눈부시게 날뛰어 문단에서 그 지위가 하루가 다르게 높아지고 있소. 그런 것을 보면 차를 놓치고 빈 정거장에 우두커니 서서 차 꽁무니만 바라보고 있는 듯한 안타까움과 초조함에 가뜩이나 신경이 예민해지곤 하오. 이에 원고지를, 만년필을 만지작거리며 뭔가를 써보려고 하지만 그뿐이오. 그리고 잠시 뒤, 무슨 발작이라도 지나간 듯 순식간에 맥이 풀려 방바닥에 네 활개를 편 채 드러눕고 마오. 그럴 때마다 머릿속은 또 어찌나 들썩거리고 아픈지. 마치 뾰족한 도구로 머릿속을 마구 긁어내는 듯해서 견딜 수가 없소.

이 머리 아픈 것이 참 질색이오. 뭔가를 골똘히 생각하거나 수필 또는 잡문 나부랭이라도 몇 시간 쓰고 나면 머리가 아프기 시작해서 그날 밤은 말할 것도 없고 3, 4일은 밤잠을 자지 못할 지경이오. 다른 건강도 건강이려니와 '신경쇠약'에는 정말 꼼짝할 수 없소. 하지만 이는 글을 쓰지 못하는 사소한 원인은 될지언정 결정적으로 중대한 원인은 아니오.

2

K군!

소설이라는 것이 시대나 사회, 즉 현실을 떠나 순전히 머리로 생각한 것을 펜으로 그리는 것이라면 정말 쉬울 것이오. 하지만, 어디 그런 것을 참된 문학이라고 할 수 있겠소? 오늘날 리얼리즘을 부르짖는 이유 역시 그런 이유 때문일 것이오.

그런데 그 현실이란 것이 내게는 너무도 벅차기 그지없소.

나―한 명의 소시민―이 체험하는 현실은 정말 보잘것없소. 박봉의 신문기자 아니면 수입이 전혀 없는 룸펜(Lumpen, 부랑자 또는 실업자)! 그래서 나의 현실은 그런 스케일 좁고 깊이가 얕은 '생활'에서 오는 아주 빈약한 것에 지나지 않소.

하지만 나라는 소시민의 우울한 생활에 비하면, 이 사회 이 시대의 현실은 실로 눈에서 불이 번쩍 날 만큼 다이내믹하기 그지없소.

혹시 고리키(Maxim Gorky, 러시아의 소설가)의 다음 말을 들어본 적이 있소?

"요즘 그들 가운데 누구(부르주아 문학가)는 작가에게 이렇게 말했다. '작가라는 것은 자네의 개인적 사업이지 나와는 전혀 관계없다'고. 하지만 이는 넌센스다. 문학은 결코 스탕달이나 톨스토이의 개인 사업은 아니었기 때문이다. 그것은 언제나 시대의 사업이었고 나라의 사업이었다. 고대 그리스와 로마의 문학, 이태리의 문예부흥, 엘리자베스 시대의 문학에 대해서는 누구나 알고 있고 말하기를 주저하지 않는다. 하지만 셰익스피어와 단테의 문학에 대해서 말하는 이는 거의 없다. 19~20세기 러시아 문학가들은 여러 유형이 있다. 하지만 우리가 말하는 것은 시대의 드라마, 즉 희비극을 반영하는 예술로서의 문학이지 개인으로서의 푸시킨이나 고리키, 레스코프, 체호프의 문학은 아니다."

생각건대, 이 말보다 문학에 대해서 적절하게 표현한 말은 없을 것이오. 물론 그렇다고 해서 내가 그런 위대한 문학가들처럼 뛰어난 자신감과 실력을 갖고 있는 것은 아니지만, 꼭 그렇게 되고 싶다는 바람과 열정, 양심만은 굳게 간직하고 있소. 하긴 그것조차도 과대망상일지 모르오. 하지만 나로서는 도저히 버릴 수 없는 집착이니, 어찌 할 수 없소. ─ 혓바닥은 짧아도 침은 멀리 뱉는다고나 할까.

하여간 이 거대한 파도와 같은 현실에 대한 사회학자다운 관찰과 연구⋯⋯ 이것이 정말 벅차기 그지없소. 가령, 지금 조선의 인심이 물 끓듯이 끓고 있는 '금(金)'에 대해서 얘기해봅시다.

나는 이미 2, 3년 전에 그걸 하나의 소설로 쓰기 위해, 내 깐에는 몹시도 애를 썼소. 그러나 한 사람의 광산가가 처음 광(鑛, 금광)을 발견한 것으로부터 시작해 제련소에 이르기까지, 또 사광부(砂鑛夫, 모래알 모양의 광물인 사금·사석·사철 등의 광석을 캐는 일꾼)의 '함지'에서 황금이 나타나기까지의 모든 작업·수속·활동 등의 천 가지 만 가지 일을 5, 60원에 밤낮으로 목이 매어진 신문기자가 하기에는 너무도 벅찬 일이었소. 그러니 매일 밥값 걱정을 해야 하는 룸펜에게는 오죽 힘든 일이었겠소.

만일 반 년 동안만 아무것도 방해받지 않고 '금'을 연구할 여유가 있었다면, 나는 정말 기뻤을 것이오. 그러나 나는 오로지 생활의 채찍에 못 견디어 주둥이를 땅에 끌며 냄새를 찾아 헤매는 개와도 같이 우울한 그날그날을 실로 견딜 수 없는 권태 속에서 보내야 했소. 그리고 지금 역시도 마찬가지오.

"아무것도 없는 오늘!"

이 햄릿의 대사와도 같은 '오늘'이 매일 찾아오오. 만일 날이 밝지 않는 날이 하루라도 있다면 나는 없는 소를 열 마리쯤 잡아서라도 하나님(!)께 감사의 제사를 지내리다.

3

K군!

그래서 나는 (아무리 생각해도) 월급쟁이로만 살다가는 소설은커녕 그 근처에도 어른거리지 못할 것이라고 궁리하던 끝에 신문기자란 직업을 그만 두게 되었소. 그때 내가 '이제 문학에 모든 힘을 쏟을 수 있겠다'며, 얼마나 가슴이 설레고 희망에 부풀었는지 모를 것이오.

하지만 거기에는 많은 준비가 필요했소. 눈에 넣어도 아프지 않게 주는 원고료만을 믿고는 마음대로 문학을 하기는커녕 그날그날 밥을 먹기에도 부족했기 때문이오. 이에 아직 늦지 않았으니, 2, 3년이고 5, 6년이고 무슨 짓을 해서든지 일단 돈을 좀 벌어놓자며 다짐했소. 그리고 나서 밥걱정 하지 않고 소설을 쓰자고 말이오. (허허, 웃지 마오!)

하지만 이는 한 마디로 세상을 모르는 한 어른의 동화에 불과했소. 돈이라는 것은 돈을 모을 수 있는 사람에게만 모인다는 것을 몰랐기 때문이오.

나 같은 사람이 돈을 모으려면 엄청난 세월이 필요하다는 것을 알기까지는 그리 오래 걸리지 않았소. 속된 말로 '천 냥, 만 냥' 하고 다니다가 결국 허허 웃고는 당대의 두문동이라 불리는 이 하숙에 들어 엎드린 지가 거의 두 달이 되어 가오. 그러니 이제 와서 밥 좀 얻어먹자고 몇 푼 안되는 원고료 때문에 소설을 쓰자니 자존심이 허락하지 않소. 하지만 그보다 더 중요한 것이 있소.

　현실이니, 리얼리즘이니 하는 말을 들어봤을 것이오. 이는 현실을 파악하여 소설의 기초이자 재료로 삼는 것을 뜻하는 것이오. 그러니 현실이야말로 소설에 있어서 가장 중요한 요소라고 할 수 있소. 하지만 현실을 현실 그대로 그려만 놓으면 그것은 하나의 사건에 불과하오.

　'무엇을'과 '어떻게'의 문제를 다른 이들은 해결한 듯하오. 하지만 나는 그것을 아직까지 알지 못하오. 그래서 자꾸만 그것에 대해서 생각해보지만 머리가 좋지 않은 탓인지 아직도 알 수가 없구려.

　―유물변증법적 창작방법에서 ××××적 리얼리즘에서 ××적 로맨티시즘에서……

　이렇듯 이름 높은 문예평론가들은 예민하게 송구영신(送舊迎新)을 하건만, 작가, 그중에도 머리가 둔한 나로서는 그것이 무슨 소리인지쯤은 알지만 그대로 추종할 수도 없소.

　K군!

　나는 아직 문학을 버릴 생각은 없소. 답답한 나머지 '에잇! 집어치울까보다'라고 혼자 쓴소리를 뱉은 적은 있소. 하지만 정든 사람을 허물없이 버리지 못하는 것처럼 차마 버릴 수는 없소.

이렇게 끝까지 잡고 늘어지면서 쓰고 싶은 글을 쓸 것이오. 한평생 이 지경일지도 모르지만 말이오. 만일 그래도 되지 않는다면 그때는 정말 붓을 꺾어버리고 문학과 영결(永訣, 영원히 헤어짐)하겠소. 물론 그래봤자 아무 일도 없겠지만.

군이 그야말로 마당 터지는데 솔뿌리 걱정하듯이 나 한 사람 소설을 쓰지 않는다고 해서, 또 문학과 영결한다고 해서 문단이 손해 볼 것은 없을 것이오. 더욱이 지금 문단에는 재주 많고 공부를 많이 한 신인들이 계속해서 나오고 있소.

4

우리 문단은 곧 그들의 눈부신 활약으로 빛을 발할 것이오.

끝으로, 지금 내 처지에서 다른 이에게 참고 될 권언(勸言, 권하는 말)을 한다는 게 매우 외람된 일이지만, 군이 고전을 연구하는 데서부터 재출발하겠다는 것에는 나도 찬성하오. 그중에서도 《춘향전》은 우리가 문학을 하는 한 반드시 한번쯤은 속속들이 들여다봐야 할 만큼 큰 가치가 있다고 생각하오. 이에 나 역시 《춘향전》을 고본(古本, 고서)을 비롯해서 몇 종 어름어름(말이나 행동을 분명히 하지 않고 자꾸 주춤거리는 모양) 읽기는 했지만 다시 한 번 읽어 보려 하오. 그러니 군이 수집해서 다 보고 난 후 내게도 좀 보내줬으면 좋겠소.

《춘향전》은 영국 셰익스피어의 작품이나 일본의《겐지 이야기》와 비교해도 결코 뒤지지 최고의 고전이오. 그러니《춘향전》만 잘 연구해도 문학가의 필생 사업으로 넉넉할 것이오. 나아가 이는 젊은 영문학도들이 도서관에 들어박혀 먼지를 먹어가며 엘리자베스왕조의 문학을 연구하는 것보다 훨씬 더 유익할 것이오. 지금까지 어느 한 사람《춘향전》의 진가를 우리에게 제대로 연구해서 보여준 이는 없었소. 하지만 비교적 인연도 멀거니와 또 세계적으로 이미 그 연구가 완성되어 있는 셰익스피어에 열중하는 젊은이는 적지 않소.

좌우간 그렇게 해서 군에 의해《춘향전》이 더 좋은 극본이 되어 세상에 나온다면 그보다 더 기쁜 일은 없을 것이오. 다만, 한 가지 부탁하고 싶은 것이 있소. 그것이 결코 쉽지만은 않을 것이란 것이오. 특히《춘향전》은 높은 문학적 가치를 지니고 있기 때문에 잘못하면 되레 좋은 고전을 망신시킬 수도 있소. 이는 금강산의 아름다운 풍경을 붓으로 써내기 어려운 것과도 같소.

다음으로 야담문학(野談文學, 널리 알려지지 않은 민간 설화를 기록한 문학)의 유행에 관한 나의 의견이오.

야담문학의 유행을 군은 마치 원수라도 만난 것처럼 저주하고 있는 듯하오. 하지만 내 생각에는 그렇게까지 흥분할 필요는 없을 듯하오.

야담문학이 문학일 수 있느냐 없느냐, 또 그것이 사회적으로 어떤 파문을 일으키느냐는 것은 잠시 접어놓고, 오늘에 이르러 그것이 세차게 유행하는 것만은 엄연한 사실이오. 그러니 턱없이 이를 욕하고 이에 대해 흥분하는 것은 무지한 폭군에 다름 아니오. 그러므로 냉정하게 그것을 '실재'한 것으로 받아들여야만 하오.

5

야담문학의 발생과 성장 뒤에는 민중이 자리하고 있소. 즉, 민중에 의해 야담문학이 발전한 것이오. 이는 민중이 격에 맞는 문학 작품보다 야담문학을 더 재미있어 했기 때문이오. 이는 일본 문단의 강담(講談, 사람들 앞에서 이야기하듯 말하는 것)이나 그보다 조금 더 문학적 모습을 담은 대중소설이 크게 번성하는 것을 보면 쉽게 알 수 있소.

생각건대, 군은 아마 유행가에 이마를 찌푸렸을 것이오. 그러나 그것은 군의 생각일 뿐, 보통 사람들은 그렇지 않소. 오히려 그것을 매우 좋아하오. 만일 유행가와 야담소설 없다면 민중은 매우 심심해 할 것이오. 민중은 그것을 듣고 읽으며 매우 즐거워하고 재미있어 하기 때문이오. 그러니 유행가의 레코드가 잘 팔리고, 야담잡지와 신문의 야담소설이 환영을 받는 게 아니겠소? 사실이 이럴진대, 덮어놓고 무시해서야 되겠소?

그렇다고 해서 내가 야담문학이나 유행가를 옹호하는 것은 아니오. 다만, 세상이 그렇게 변해가고 있다는 것이오. 만일 그래도 그것이 싫다면 민중이 야담문학과 손을 끊고 이쪽으로 올 수 있도록 좋은 소설을 쓰는 길밖에 없소. 또 군은 본격소설을 쓰던 사람들이 그것을 버리고 야담문학으로 돌아섰다고 분개하지만, 나는 그것에 대해서 분개하는 군의 순진한 마음이 더 가엾기 그지없소.

무릇, 본격소설이라고 하는 기성 사회의 문학이란 두 가지밖에 없소. 신심리주의로 나아가는 것과 사실(史實)에서 재료를 얻어 붓끝을 약간 고친 야담소설이 바로 그것이오. 물론 두 가지 다 문학의 정도는 아니오. 하지만 문학청년의 분개나 한탄, 흥분만으로는 그 흐름을 저지할 수 없소. 두고 보면 알겠지만, 앞으로 야담문학은 보란 듯이 더 번성할 것이오.

지금 서울은 첫여름이 무르익어 가고 있소. 가끔 하숙집을 나가서 종묘 뒤로 난 길을 걷다 보면—나는 이 길을 걷는 것을 퍽 좋아하오.—고궁 안의 나뭇잎의 푸른빛이 무게 있게 짙어가오. 그럴수록 고궁의 낡은 단청은 더욱 낡아 보이오. 그것을 보면서 길을 걷노라면 역사를 발밑에 밟고 지나가는 것 같아서 퍽 여유롭고 침착해지오.

군도 어서 빨리 솜씨가 늘어 역작의 선물을 가지고 문단에 데뷔하기를 바라오.

—1936년 5월 26일~5월 30일

시와 일상생활

이병각

시인을 이단시하는 것은 우리만의 현상은 아니다. 시가 있는 곳이면 어느 시대, 어디를 막론하고 이 습속(習俗, 습관이 된 풍속)이 있었고, 시인은 영원한 이단아로 운명 지어졌다.

이것이 슬픈 일인지, 기쁜 일인지는 차치하더라도, 한 인간이 한 시대의 '이단(異端, 전통이나 권위에 반항하는 주장이나 이론)'이 되는 것은 절대 평범한 일이 아니다. 그 사람의 언행과 삶이 희망차고 눈부시지는 못할망정 다른 사람과 무엇이 달라도 달라야만 하기 때문이다. 예를 들면, 과거 프랑스 낭만파 시인들처럼 낭만적인 행동과 생활을 누리던지, 도학자들의 구역질을 유발하는 데카당스(decadence, 퇴폐주의. 19세기 프랑스와 영국에서 유행한 문예 경향) 같은 것이 있어, 평범한 사람과는 뭐가 달라도 달라야만 한다. 나아가 그것은 사회적 윤리의 척도보다는 그 자체의 용적(容積, 물건을 담을 수 있는 부피. 혹은 용기 안을 채우는 분량)과 체적(體積, 부피)에 의해 평가되어야 한다.

시인은 달라야 한다. "삼승버선(막 신는 버선)을 신고 진흙 속을 걸어도 제멋이 있다"라는 말처럼 저속한 세간의 평가에 구애받은 나머지 일거수일투족을 주저한다면 어떻게 한 시대의 이단아로 자처할 수 있으랴. 나아가 만일 그렇다면 거리에서 만나는 시인들을 종로나 본정(本町, 지금의 서울 중구 충무로1가의 일제강점기 명칭)의 장사치들과 어떻게 구별할 수 있으랴. 복장이 그렇고, 머리카락이 그렇고, 신발과 넥타이, 모자가 그렇지 않은가.

시인의 일상 속에는 범인(凡人, 평범한 사람)의 상(想, 생각)이 이르지 못하는 이미지의 세계가 있으며, 범인이 부를 수 없는 노래가 있어야 한다.

붉은 조끼를 입고 공작의 날개를 등에 붙이고 다녀도 좋다. 속배(俗輩, 저속한 사람의 무리)의 눈에 그것이 이상하게 보이건 말건 그것은 상관할 바 없다. 오직 벌거숭이로 거기서 벗어나려는 노력과 그것을 거부하는 정신이 있는 곳 — 그곳이 이단이 즐겨 살 수 있는 곳이다. 온건 착실한 중용을 숭상하는데 어찌 다른 이가 도달하지 못한 새로운 자기만의 경지가 남아 있겠는가. 이는 우리가 몇 천 년 동안 걸어온 길이었으며, 새것에의 끊임없는 바람을 말살시켜오던 길이기도 했다.

이단아가 걷는 길은 문학과 생활의 철저한 융합에서 일체의 평가와 체제를 무시하고 전인미답의 깊이를 가진 일상성(日常性, 인간 본연의 자세) 속에서 존엄한 자기를 발견하는 데 있다. 거기에는 조그만 사양도 필요치 않다.

무한한 깊이를 파고 자기를 적나라하게 나타내며 모든 것을 경멸할 줄 아는 일상생활과 자세가 그립다.

—1937년 9월 24일 《조선일보》

병상의 생각

김유정

사람!

사람!

그 사람이 무엇인지 알기가 매우 어렵습니다. 당신이 누구인지 알 수 없고, 내가 누구인지 당신 역시 모르기 때문입니다. 하지만 어쩌면 그것이 당연한 것인지도 모릅니다. 당신을 언제 봤다고, 언제 정이 들었다고, 감히 안다고 하겠습니까?

그러고 보면 당신을 하나의 우상(偶像)으로 숭배하고, 나의 모든 채색(彩色, 여러 가지 고운 빛깔)으로 당신을 분식(粉飾, 실제보다 좋게 보이도록 거짓으로 꾸미는 일)했던 것 역시 무리였음이 틀림없습니다.

그렇습니다. 그것은 나의 속단(速斷)에 지나지 않았습니다. 그러니 여기서 이만 끝내고자 합니다.

나는 당신을 정말 모릅니다. 그런데 일면식도 없는 당신에게 대담하게 편지를 썼고, 답장이 오기를 매일 간절하게 기다렸습니다. 그 편지가 당신을 얼마나 감동하게 하고, 얼마나 이해시키는지에 관해서는 전혀 관심이 없었습니다. 그러던 차에 당신으로부터 '편지를 보내는 이유가 도대체 뭐냐?'라는 질문을 받고 깜짝 놀라지 않을 수 없었습니다.

나는 이제 당신이 누구인지 알 것도 같았습니다.

사물을 개념(概念, 어떤 사물이나 현상에 대한 일반적인 지식)지을 때 하나로 열을 추리(推理)하는 것이 곧 우리의 버릇입니다. 우리 선배가 그랬고, 오늘 우리와 함께 사는 사람들 역시 그러합니다. 그러니 그 질문을 통해 당신을 떠올리는 것 역시 그리 큰 잘못은 아닐 것입니다.

당신을 정말 본 듯도 합니다. 내가 지금까지 보낸 수많은 편지에 당신은 고작―편지를 보낸 저의(底意, 겉으로 드러나지 아니한, 속에 품은 생각)가 뭐냐?―고 물었을 뿐입니다.

그것이 바로 당신입니다. 이를 통해 나는 당신의 명석함을 알았습니다. 당신은 나로부터 연모(戀慕, 이성을 사랑하여 간절히 그리워함)라는 말을 듣고 싶었을 뿐만 아니라 거기에 따르는 절대가치(絶對價値)를 행사하고 싶었던 것입니다. 그런 당신의 바람에 나는 나 자신을 바라보았습니다.

우울할 때, 외로울 때, 혹은 슬플 때면 친한 친구에게, 나를 이해해주는 친구에게 편지를 쓰곤 합니다. 혹 그것은 동성(同性)끼리의 거래가 아니냐고 물을 수도 있습니다.

좋습니다. 그렇다면 이런 이야기는 어떨까요?

몸이 아플 때면 돌아가신 어머님이 참으로 그립습니다. 여기에 대해서는 뭐라고 말하시렵니까? 그것은 모자(母子)지간의 천륜이매, 그것과는 확연히 다르다고 하시렵니까?

또 한 가지 좋은 실례(實例)가 있습니다.

우리는 마음이 울적할 때 방실방실 웃는 아이를 보고 자신도 모르게 웃음을 짓곤 합니다. 이것은 과연 어떤 이유일까요?

그러고 보면 우리가 서로 가까워지기 위해 노력하는 것이야말로 참다운 인생의 묘미일지도 모릅니다. 동시에 궁박한(몹시 가난하여 구차함) 생활을 위해 이제 남은 단 하나의 길이 여기에 열려 있음을 알 것도 같습니다. 그것은 마치 우리 머리 위에서 움직이는 복잡한 천체(天體, 우주에 존재하는 물체의 총칭)가 인력(引力, 끌어당기는 힘)에 견연(牽連, 서로 끌어당기어 관련시킴)되어 원만히 운용되어 갈 수 있는 것과도 같다고 할 수 있습니다. 그렇다면 이 기능(機能)을 실제 발휘하게 하는 것이 언어를 실어 나르는 편지의 사명이라고 할 수 있습니다. 하지만 아무래도 좋습니다. 사실 나는 당신에게 실망을 주지 않기 위해서 연모한다고 했을 뿐입니다. 그런데 그때 갑자기 당신이 눈을 크게 치켜떴고, 이를 본 나 역시 깜짝 놀라고 말았습니다.

한 가지 묻고 싶습니다. 여성은 다른 사람에게 지극히 연모 받고 있음을 느낄 때 그렇게 무작정 올라만 가려고 하나요? 부질없는 탄식이 절로 나옵니다. 하지만 당신 하나로 인해 모든 여성을 그 틀에 규정지어서는 안 된다고 생각합니다. 이것이 물론 당신에게는 큰 실례가 될 수도 있습니다. 하지만 나는 이렇게 생각해보았습니다.

―근대식으로 만들어진 하나의 예술품―

왜 하필이면 당신을 예술품에 비유했을까요? 그 이유를 알고 싶습니까? 하지만 그 이유란 것 역시 그리 대단한 것은 아닙니다.

당신에게 편지를 쓰는 이유와 작품을 쓸 때의 이유가 조금도 다름없기 때문입니다. 만일 그때 그 편지를 쓰지 않았더라면 작품을 하나 더 갖게 되었을지도 모릅니다. 무슨 얘기인지 잘 이해되지 않을 수도 있습니다. 그렇다면 이해하기 쉬운 예를 하나 들어 드리겠습니다.

'연애는 예술'이라고 했던 당신의 말을 기억하나요? 당신은 나의 고백을 불순하다고 했을 뿐만 아니라 연애는 연애를 위한 연애로 하되, 행여 다른 조건이 있어서는 절대 안 된다고 하였습니다.

그렇습니다. 그 말이 더 큰 이유가 될지도 모르겠습니다. 당신 말을 듣고 전후 종합해보니, 문득 생각나는 것이 있었습니다. 현재 우리 사회의 일부를 점령하고 있는 예술을 위한 예술이 바로 그것입니다. 이는 실제 없는 일을 내 생각과 상상만으로 꾸민 것은 절대 아닙니다.

그들과 당신은 유복한 환경에서 똑같은 절차를 밟으며 살아왔습니다. 물론 이쪽이 저쪽의 비위를 맞춰가며 기생(寄生) 되어 가는 경우도 없진 않습니다. 그러나 당신은 학교에서 수학을 배웠고, 물리학을 배웠고, 화학을 배웠으며, 생리학을 배웠고, 법학을 배웠고, 그리고 공학과 철학 등 모든 것을 충분히 배운 사람 중 한 명입니다. 다시 말하면 놀라울 만큼 발달한 근대과학의 모든 혜택을 골고루 누린 사람인 것입니다. 그렇다면 당신은 근대과학을 위해서 그 앞에 나아가 친히 예하야(경의를 표하기 위하여 말이나 인사를 함), 참으로 친히 예하야 그 영예를 지키지 않으면 안 될 것입니다. 왜냐하면, 과학이란 그 시대, 그 사회에 있어서 가급적 진리에 가까운 지식을 추출하여 우리의 삶을 편리하게 유도하는 데 그 사명이 있기 때문입니다. 그리고 여기에서 또 하나 생각하지 않을 수 없는 게 있습니다. 근대과학과 우리 생활의 연관성이 바로 그것입니다. 이에 대한 대답으로 몇 가지 예를 들고자 합니다.

과학은 참으로 놀랄 만큼 발달하고 있습니다. 과학자들은 천문대라는 것을 세워놓고, 우리가 눈앞에서 콩알을 고르듯이 천체를 지켜봅니다. 일생을 바쳐 지질학을 연구하기도 합니다. 사람의 얼굴 혹은 콧날을 임의로 늘렸다가 줄이기도 합니다. 두더지처럼 산을 파고 들어가 금을 캐다가 수십 명이 그 안에 없는 듯이 묻히기도 합니다. 물속으로 쫓아가 군함을 깨트리고, 광선으로 사람을 녹이며, 공중에서 뭔가를 뿌리기도 합니다. 이처럼 과학은 놀랄 만큼 발달하였습니다. 그런데 이런 고급 지식이 우리 생활 어디에 도움을 주고 있는지 당신은 알고 있습니까? 굳이 설명하지 않아도 당신은 충분히 알고 계실 겁니다.

하지만 과학자들에게도 불만은 있을 것입니다. 이에 그들에게 불만을 물으면 '취미의 자유'라고 할 것입니다. 아울러 과학에 있어 연구대상은 언제나 그들의 취미 여하에 달려 있다고 할 것이 틀림없습니다. 다시 말해 과학을 위한 과학의 절대성을 말하는 데 있어 그들은 너무도 평범한 태도를 보이는 것입니다.

과학에서 얻은 진리를 이지(理知, 이성과 지혜)권 내에서 감정권 안으로 옮기는 것, 그것을 대중에게 전달하는 것이 예술이라면, 우리는 근대과학에 기초를 둔 소위 근대예술이 무엇인지 금방 알 수 있을 것입니다. 그중 내가 종사하고 있는 문학에 대해서 알아보는 것이 편할 듯싶습니다.

우선, 적잖이 문제가 되고 있는 신심리주의 문학(新心理主義文學, 정통적인 모더니즘의 문학으로부터 종래의 심리주의적 경향의 문학과 신감각파의 작풍을 더욱 심화시켜 내면 정신의 세계를 외면의 세계와 마찬가지로 명확한 세계로 드러냄으로써 더욱 현실에 육박하려고 하는 심리적 사실주의의 방법을 취하는 문학)에 대해서 알아보고자 합니다.

예술의 생명을 잃은 그들에게 가장 중요한 것은 그 형식, 즉 기교(技巧, 문예 및 미술에 있어서 제작 표현상의 수단이나 수완)입니다. 그러나 현재 그들의 기교란 어느 정도 가능성을 보일 뿐입니다.

그들은 치밀한 묘사법으로 인간 심리를 내공(內攻, 병이나 병균이 겉이 아닌 속으로 퍼짐)하여 이내 산사람에게 유령(幽靈)을 만들어놓는 것을 자랑으로 삼습니다. 이 유파의 태두(泰斗, 어떤 분야에서 가장 권위가 있는 사람을 비유적으로 이르는 말)로 일컫는 제임스 조이스(James Joyce, 아일랜드의 소설가이자 시인으로 20세기 문학에 커다란 변혁을 초래한 작가)의 《율리시스》를 한번 읽어보면 충분히 알 수 있을 것입니다. 그에게 새롭다는 존호(尊號, 남을 높여 부르는 칭호)를 붙여 대우하기는 했지만, 자세히 살펴보면 그는 졸라(Emile Zola, 프랑스의 소설가)의 부속품에 지나지 않습니다. 졸라의 걸작 《나나》는 우리를 잠들게 했고, 조이스의 대표작 《율리시스》는 우리에게 하품을 연발시키고 있기 때문입니다. 말하자면 그는 졸라와 같은 잘못을 양면에서 범하고 있는 것입니다.

예술의 목적이 전달에 있는지, 표현에 있는지 적잖이 궁금해 하는 이들이 있습니다. 이는 사람이 먹기 위해서 사는지, 살기 위해서 먹는지 라고 묻는 우문(愚問)과도 같습니다. 표현이란 원래 전달을 전제로 하고 나서야 비로소 그 생명을 갖기 때문입니다. 다시 말하면 결과에 있어 전달을 예상하고 계략(計略, 계책과 모략)하여 가는 과정을 표현이라고 할 수 있습니다.

오늘날 문학 표현이 얼마나 오용(誤用, 잘못 사용됨)되고 있는지 아십니까? 이는 주문 명세서나 심리학 강의, 좀 더 대접하자면 육법전서(六法全書, 온갖 법령을 다 모아서 수록한 종합 법전)의 조문해석과 같은 지루한 문자만으로도 충분히 알 수 있습니다.

예술이란 자연의 복사도 아니거니와, 자연의 복사란 것 또한 그리 쉽사리 이루어지는 게 아닙니다. 아무리 화소 높은 카메라라도 자연을 완벽하게 담을 수 없거늘, 하물며 문자만으로 인간을 복사한다는 것은 심한 농담에 지나지 않습니다. 더 심악(甚惡, 몹시 나쁜)한 건 예술을 위한 예술을 표방한다면서 함부로 내닫는 작가입니다.

그들은 고작 중학생 수준의 일기 같은 작문을 써 놓고 예술지상주의라는 평계로 미봉(彌縫, 빈 구석이나 잘못된 것을 임시변통으로 이리저리 주선해서 꾸며댐)하려고 들 것입니다. 하지만 이는 실로 웃기지도 않은 일입니다.

그들은 묘사의 대상 여하는 물론 수법의 방식 여하, 나아가 치밀한 기록일수록 더욱 문학적 가치가 있다고 생각합니다. 하지만 이는 착각에 지나지 않습니다. 그 자신이 예술가가 아님을 말하는 것과도 같기 때문입니다. 마치 연애를 하는 데 있어 사랑은 둘째 치고 자신이 완전한 사람이 아니라고 고백하는 것과 같기 때문입니다.

당신이 화려한 화장과 고급스러운 교양을 다른 사람에게 자랑할 때 그들은 자신의 작품이 얼마나 예술적인지, 다시 말하면 인류생활과 얼마나 거리가 먼지 다른사람에게 자랑하고 있는 것입니다. 그 결과, 애매한 콧날을 잡아 늘이기도 하고, 사람 대신 기계가 작품을 쓰기도 하는 것입니다. 그러므로 예술가적 열정이 적으면 적을수록 좀 더 높은 가치의 예술미를 갖게 되는 것입니다.

예술가에게는 예술가다운 감흥이 있고, 그 감흥은 표현을 목적으로 합니다. 또 거기에는 설레는 열정이 따르기 마련입니다. 나아가 열정이 강하면 강할수록 전달 방법 역시 완숙해지는 법입니다.

예술이란 그 전달 정도와 범위에 따라 그 가치가 평가되어야 합니다. 기계에는 절대 예술이 깃들 수 없습니다. 그러니 예술가란 학교에서 공식적으로 두드려서 만들 수 없다는 말은 이를 두고 하는 말일 것입니다.

그들은 모든 구실(口實, 핑계 삼을 만한 재료)이 다했을 때 마지막으로 '새롭다'는 문자를 번쩍 들고 나옵니다. 그러나 그 의미가 무엇인지, 그들의 설명만으로는 도저히 이해할 수 없습니다. 또 새롭다는 문자는 시간과 공간의 전환에만 그칠 것이 아니라 인류사회 전체에 적극적인 역할을 가져오는데 그 의미를 두어야 합니다. 그런 점에서 조이스의 《율리시스》보다 봉건시대의 소산인 《홍길동전》이 훨씬 더 뛰어난 예술적 가치를 지니고 있다고 할 수 있습니다.

이제 당신은 오늘의 예술이 과연 무엇인지 대충 이해했을 것입니다. 그러므로 당신의 연애는 예술이니, 연애는 결코 불순하지 않되, 연애를 위한 연애를 하라는 말 역시 어디에 근거를 두고 나온 말인지 대충 알았으리라 생각합니다. 더불어 근대예술은 기계의 소산이며, 당신이라는 사람 역시 기계로 만들어진 한 덩어리의 고기에 지나지 않음을 충분히 알았으리라고 생각합니다.

　―근대식으로 제작된 한 덩어리의 예술품―

이제 내가 당신을 이렇게나마 부른 이유가 당신을 존중했기 때문이란 걸 어느 정도 알았을 것입니다.

얼핏, 당신은 행복해 보이지만 참으로 불행한 사람 중 한 명입니다.

자신의 불행을 모른 채 속없이 쥐어짜는 사람을 보는 것만큼 딱한 일도 없습니다. 육도풍월(肉桃風月, 글자를 잘못 써서 이해하기 어려운 한시를 이르는 말)에 날 새는 줄 모르는 사람들과 마찬가지로 요지경(瑤池鏡, 알쏭달쏭하고 묘한 세상일을 비유적으로 이르는 말) 바람에 해지는 줄 모르기 때문입니다.

당신에게는 생명이 전혀 없습니다. 그 몸에서 화장을 지우고, 옷과 장신구를 벗으면 남는 것은 벌건, 다만 벌건, 그러나 먹을 수 없는 한 육괴(肉塊, 덩어리로 된 짐승의 고기)에 불과합니다. 그러나 재삼 숙고해볼 때 당신은 슬퍼할 이유가 전혀 없습니다. 왜냐하면, 당신이 완전한 사람이 되고 못 되고는 당신의 노력 여하에 달려 있기 때문입니다.

오늘은 완전히 어지러운 난장판입니다. 그러나 불행 중 다행이랄까. 한쪽에서는 참다운 인생을 탐구하기 위해 자신을 희생하는 고결하고 아름다운 일이 계속해서 일어나고 있습니다. 이에 우리가 가장 먼저 해야 할 일은 우리 머릿속에 자리한 선입관을 없애는 것입니다. 그러고 나서 새로이 눈을 떠, 새로운 방법으로 사물을 대하여야 합니다. 하지만 그 새로운 방법이란 것이 무엇인지 나 역시 확실히 알지 못합니다. 다만, 사랑에서 출발한 그 무엇이라는 막연한 개념이 있을 뿐입니다.

사랑이라고 하면 우리는 부질없이 예수를 떠올리거나 석가여래(釋迦如來)를 들춰내곤 합니다. 하지만 그것은 사랑의 일부 발현은 될지언정 사랑에 대한 설명은 될 수 없습니다. 그 사랑이 무엇인지 우리는 전혀 알 수 없습니다. 우리가 본 것은 결국 그 일부에 지나지 않기 때문입니다. 다만, 한 가지 알 수 있는 것은 어느 시대, 어느 사회에서건 좀 더 많은 대중을 한 끈에 꿸 수 있으면 있을수록 사랑은 좀 더 위대한 생명력을 갖는다는 것입니다.

오늘 우리의 최고 이상은 그 위대한 사랑에 있습니다. 한동안 그렇게도 소란을 피웠던 개인주의는 니체의 초인설(超人說, 초인은 인류의 지배자이므로 모든 사람은 그에게 복종해야 한다는 사상) 및 맬서스(Malthus, 영국의 경제학자)의 인구론(人口論, 어느 시점부터는 기하급수적으로 늘어나는 인구로 인해 인구수가 식량의 양을 초과해 식량이 부족해진다는 이론)과 더불어 곧 사멸될 날이 올 것입니다. 그런 점에서 지금은 크로포트킨(Pjotor Alekseevich Kropotkin, 러시아의 혁명가)의 상호부조론(相互扶助論, 사회 진화의 근본적인 동력이 개인들 사이의 자발적인 협동 관계에 있다고 주장하는 이론)이나 마르크스의 자본론이 훨씬 더 새로운 운명을 띠고 있다고 할 수 있습니다. 다시 말하면, 나는 여자에게 염서(艶書, 사랑하는 사람에게 연모의 정을

^{써 보내는 편지)} 아닌 엽서를 쓸 수 있고, 당신은 응당 그 편지를 받을 권리가 있습니다.

내 머리에는 천품(天稟, 타고난 기품)으로 뿌리 깊은 고질(痼疾, 오래되어 굳어 버린 나쁜 버릇이나 병폐)이 박혀 있습니다. 그것은 사람을 대할 때마다 우울해지는, 그래서 사람을 피하려고 하는 염인증에 다름 아닙니다. 이를 고쳐 보고자 팔을 걷고 나선 것이 현재 나의 생활입니다.

허황된 금점(金店, 금을 캐는 광산)에서 문학으로 길을 바꾼 것 역시 그것 때문입니다. 내가 문학을 하는 이유는 밥 먹고, 산책하는 것과도 같습니다. 즉, 내게 있어 문학은 하나의 생활입니다.

이제 당신에게 편지를 쓰지 않았다면 몇 편의 작품이나마 더 생겼으리라는 내 말이 뭔지 충분히 아셨을 것으로 생각합니다. 그렇다고 해서 당신을 업신여긴 기억은 없습니다. 만일 그렇게 생각하신다면 그건 당신을 위해서도 슬픈 일임이 틀림없습니다.

위대한 사랑을 알지 못하면 오늘의 예술이 바로 길을 들 수 없고, 당신역시 완전한 사랑을 알 수 없습니다. 그렇다면 위대한 사랑이란 과연 무엇일까요? 중요한 것은 그것을 바로 찾느냐 찾지 못하느냐에 따라 우리 전 인류의 여망(餘望, 남아 있는 희망)이 달려있다는 것입니다.

—1937년《조광》3월호

작가의 생활

김남천

─직업적 조직을 가져야 한다

'작가로서 밥 먹는 기(記, 글)'를 쓰려고 한다. 하지만 된장에 장아찌나 먹는 것으로 어엿하니 밥을 먹노라고 말할 수 있을지 모르겠다. 하기야 그것조차 먹지 못하는 이가 많고, 끼니를 거르는 사람이 수두룩한 세상이다 보니, 이야기책이나 짓고 앉아있는 놈들이 된장에 장아찌면 그만이지, 그 이상 무슨 잔소리냐며, 그런 것일랑 아예 염(念, 뭘 하려고 하는 생각이나 마음)도 내지 말라고 할 이도 있을지 모르겠다.

사람이 어느 정도까지 영양을 섭취해야만 정신이나 육체를 온전한 상태로 보전할 수 있을까. 아마 사람이나 체질에 따라 각각 다를 것이다. 가령, 돈 많고 귀인(貴人, 사회적 지위가 높고 귀한 사람)으로 태어난 이는 하루라도 고기나 우유를 먹지 못하면 곧 약 떨어진 아편 중독자처럼 펄펄 뛰고 야단이 나겠지만, 가난뱅이는 고구마나 감자알이 떨어질까 봐 마음 졸이기 일쑤일 것이다.

무엇이든지 최저한도(最低限度, 가장 낮은 한도)와 최소한도(最小限度, 일정한 조건에서 더 이상 줄이기 어려운 가장 작은 한도)라는 게 있는 법이다. 이에 작가라면, 작가가 계속해서 정신적 노동을 할 수 있을 정도의 생활은 사회에서 보장해줘야 하지 않겠느냐는 것이 시비(是非問題, 옳고 그름을 따지는 일) 문제가 될 수 있다.

본시(本是, 본디) 문학을 한다고 뜻을 세우던 소년 시절에 일생을 청빈(淸貧, 청백하여 가난함)하게 살 각오는 누구나 다 했을 것이다. 그러나 그때는 가난이 무엇인지 알지도 못했을 뿐더러 생활이 어떤 것인지도 잘 몰랐다. 하지만 결혼을 하고, 아이가 생기고, 아이가 학교에 가게 되면 한 집안을 책임져야 한다. 아침저녁 끼니, 아이 교육비, 가을이면 신탄(薪炭, 땔나무와 숯)과 김장 걱정, 의복 걱정—이런 것을 자나 깨나 생각해야 하는 것이다.

어느 잡지에서 유행 가수(流行 歌手, 유행가를 부르는 것을 업으로 하는 사람) 아가씨들의 수기를 읽어보니, 수입이 한 달에 2, 3백 원은 된다고 한다. 하지만 어떤 대가(大家, 거장. 전문 분야에 조예가 깊은 사람)라고 할지라도, 우리 작가 중에는 그런 보수를 받는 이가 절반도 안 된다. 영화 시나리오 작가가 출연 여배우의 10분지 1의 보수도 받지 못하는 것이 세계적인 현상이니, 이제 와서 새삼스레 그 모순을 지껄인들 낡은 수작에 불과할 뿐이다.

문제는 우리 작가들이 큰 회사의 중역이나 유행 가수처럼 사치스러운 생활이나 호화롭고 안일한 생활을 희망하거나 요구하는 것이 아니라는 것이다. 적어도 작가 생활을 계속해서 영위할 수 있도록 정신적으로나 물질적으로 최저한도의 양식은 보장해줘야 한다는 것이다. 나아가 그것쯤은 어엿하니 요구할 수 있다고 생각한다.

중견 작가로서 1년에 6, 7백 원을 벌려면 상당한 노동을 치러야 한다. 만일 신문에 연재소설을 쓴다면 비교적 쉬울 수도 있다. 하지만 그렇지 못한 경우에는 이런저런 잡문(雜文)을 다 써야만 그 정도 될까 말까 한다.

좀 창피한 일이긴 하지만 하나하나 계산해보자. 장편소설 하나를 신문에 연재한다고 할 경우, 150회로 잡고, 1회에 2원 또는 3원을 고료로 받으니 2원으로 치면 3백 원, 3원으로 치면 4백 5십 원이다. 여기에 단편 5편을 썼다 치고 4백 자 원고지 1매에 50전을 쳐서 1편에 20원을 잡으면 도합 백 원이다. 이밖에도 각종 논문이나 감상문 · 수필 · 기행문 등 갖은 글을 써야만 겨우 총수입 6, 7백 원이 될 수 있다.

그러나 신문연재나 잡지연재의 기회가 매년 오는 것도 아니고, 일 년에 몇 차례씩 오는 것은 더더욱 아니다. 그러므로 일 년에 단편 10편을 쓸 경우, 수입이 2백 원이나 2백 5십 원에 지나지 않는다. 여기에 창작집이나 단행본을 출간할 경우, 그 인세를 약 백 원으로 잡아도 3, 4백 원이 될까 말까 한다. 시골 면서기의 봉급보다도 못한 것이다. 그리고 사실인즉, 일 년에 단편 10편을 쓰는 작가란 매우 드물다. 한 달에 창작 1편을 쓰는 작가에게 그 이상의 작품을 요구하는 것은 무리다. 그 이상 무리하게 되면 부득이 태작(駄作, 졸작. 잘되지 못하거나 보잘것없는 작품)이 나올 것이 뻔하기 때문이다. 그러므로 그 기준을 단편 10편으로 쳐서 고료가 적어도 천

원은 되어야만 이럭저럭 담배 값이나 하고, 잘 절약할 경우 커피 잔이나 얻어먹으면서 최저한도의 생활을 영위할 수 있다. 하지만 가족이 많던가, 학교에 다니는 아이가 있다면 여름에 간복(間服, 여름과 가을 사이에 입는 옷), 늦은 가을에 맥고자(麥藁子, 밀짚모자), 옆구리 터진 구두를 면하기 어려울 것이며, 그달 월간 잡지를 사 읽기도 곤란할 것이다.

결국, 낮을 밤으로 바꾸어 제아무리 허덕인들 한 달 총수입 5, 6백 원을 넘을 수 없다. 그러니 신문기자나 잡지기자 그밖에 다른 부업(사실은 본업)을 갖는 것도 무리가 아니다. 이런 상황에서 도대체 어떤 정신적 활동을 영위할 수 있으며, 정신과 육체가 어떻게 정상을 보전할 수 있겠는가?

그렇다면 어떻게 하면 이 문제를 해결할 수 있을까. 사회가 이를 해결할 만한 문화적 아량을 베풀지 않는 이상, 우리에게 원고료와 인세를 지급하는 출판기관이 문제 해결에 앞장서야 할 것이다.

다행히 요즘 독서인구의 증가와 함께 전집 출간이 활발해져 출판사들이 적지 않은 이윤을 내고 있다. 하지만 그들의 작가나 비평가에 대한 대우는 오히려 점점 더 야박해지고 있다. 그러니 이들을 깨우치려면 개인적인 호소나 교섭만으로는 안 된다.

작가들 역시 직업적인 조직을 가질 필요가 있다. 문화적 성질이나 문학적, 정책적 의의를 떠나 최저한도의 생활이나마 보장받기 위해, 생활권의 옹호를 목표로 하는 직업적 조직을 만들어야 하는 것이다. 그리고 이를 통해 우리의 요구를 조직화한 후 사회와 출판기업에 조처(措處, 일을 정돈하여 처리함)해야 한다.

과거 문예가협회가 이와 같은 시도를 몇 차례 한 적이 있지만 모두 실패하고 말았다. 여기에는 몇 가지 원인이 있었다. 하지만 지금과 같은 사회적 환경에서는 우리의 생활을 옹호하고 확립하는 것이야말로 어떤 역사적인 일보다도 더 중요하다. 그러므로 결코 이를 망각하거나 다른 사람의 일처럼 생각해서는 안 된다. 이에 〈작가로서 밥 먹는 기(記)〉에 관한 글을 쓰다가 결국 작가의 직업적 조직이 필요하다는 데까지 이르지 않을 수 없게 되었다. 제현(諸賢, 여러분)의 삼사(三思, 여러 차례)를 촉(促, 촉구함)하는 바이다.

—1938년 12월 《청색지》

계란을 세우는 방법

김남천

콜럼버스가 동인도에서 돌아왔을 때의 일이다.

세상에서는 "그거야 누구나 다 할 수 있는 평범한 일"이라고 일축(一蹴, 제안이나 부탁 따위를 단번에 거절하거나 물리침)하니, 콜럼버스는 달걀을 하나 내어놓고, 누구라도 좋으니 이 달걀을 한번 세워보라고 하였다. 그러나 아무리 애를 써 봐도 달걀을 세울 수 없자, 모두 그러면 콜럼버스 자네가 한 번 세워 보라고 했다. 그러자 콜럼버스는 달걀을 조금 두드려서 한쪽을 뭉그러뜨린 후 곧바로 그것을 세웠다. 사람들은 그렇게 하면 누군들 그것을 못 세우겠냐며 그를 비웃었다. 이에 콜럼버스는 그들을 향해 이렇게 말하였다.

"그렇다. 그것을 보고 나면 누구나 쉽게 그것을 세울 수 있다. 그러나 처음부터 그것을 뭉그러뜨릴 생각을 하는 사람은 거의 없다. 그것이 당신들과 나의 차이점이다.”

이 이야기는 소학교 교과서에도 나오는 유명한 이야기로 모르는 사람이 거의 없을 것이다.

달걀 끝을 조금 깨뜨리면 쉽게 세울 수 있는 것을, 사람들은 그 생각은 하지도 않고 그저 무작정 세우려고만 한 것이다. 그러다가 결국 실패하고, 나는 도저히 못 하겠다며 두 손을 들고 만다. 그것이 다가 아니다. 자기보다 영리한 사람이 한쪽을 깨뜨려서 세우면, 그게 무슨 재간이냐며, 그렇게 하면 나도 할 수 있다고 도리어 큰소리를 친다.

소위 ‘조선 문학의 재건’이다, ‘무엇이다’라고 하는 문제 역시 마찬가지다. ‘조선 문학’이란 어떤 것이냐. ‘재건’이란 뭘 가리키는 혹은 형용하는 말이냐. 도대체 조선 문학이 언제 건설되었다가 무너졌기에 새삼스레 ‘재건’하지 않으면 안 된다는 말이냔 말이다.

달걀을 세우려는 것과 마찬가지로 공연히 까다롭고 몽롱하고 막연한 문제를 만들어서 자기를 번거롭게 할 필요가 어디 있는가. 문학인이라면, 많은 문학의 분야 중 자기가 짊어진 것을 부지런히 개척해 나가면 저절로 ‘건설’로 될 것이요, ‘재건(만일 무너졌다면)’하면 될 터다.

무슨 일이건 다 그렇거니와 쉽게 생각하면 매우 단순하고 쉬운 일을 어렵고 까다롭게 생각하는 버릇이 우리에겐 있다. 그래야만 고상하고 우아하며 아름다운 줄 알기 때문이다. 달걀을 뭉그러뜨려서 세우지 않고 물리학적으로, 역학적으로 세워야만 되리라고 생각하듯이…….

우리의 젊은 문학가들은, 문학을(오직 문학만을) 고상하고 신성한 학문으로 여긴 나머지, 문학가는 문학이나 인생에 대해 보다 더 엄숙하고 신성한 문장만을 써야 한다고 생각하는 사람이 적지 않은 모양이다. 그 때문에 달걀을 역학 원칙에 의지해서 세워 보려는 기술을 연구하고, 토론하는 경향이 적지 않다. 달걀을 역학적으로 세우는 이론을 어떻게든 생각하려 애쓰고, 까다롭고 추상적이요, 막연한──자신도 알지 못하는 어떤 이론을 꾸며내서, 이리이리 하면 달걀을 세울 수도 있다고 그럴듯 하게 돌려대고, 여기 어떤 실제가(實際家, 실제적인 사람)가 있어서 달걀을 두 드려서 세우면, 그런 평범한 소리는 치우라고 도리어 큰소리를 친다.

가령, 어떤 사람이 어떤 글을 쓰는 가운데 그저 무심히 '달걀을 두드려 서 좀 뭉그러뜨린 후 달걀을 세워 운운'의 구(句, 글)를 썼다고 하자. 그 글 을 읽는 독자 중 갑은 그저 무심하게 달걀을 두드려서 뭉그러뜨리면 세 울 수 있을 터이니 독과(讀過, 무심히 읽어 넘김)해버렸다고 하고, 을은 아직껏 달걀을 세울 수 없는 것이라고 알고 있는 만큼 그 글을 읽고 비로소 하나 의 새로운 지식을 얻었거니 하고, 병은 그 글의 다른 부분에 '젓가락으로 김치를 집어 먹고' 등이나 일반적으로 그저 문장의 하나쯤으로 가볍게 읽어 버리고, 정은 '평범한 소리다. 누가 그걸 모르랴' 쯤으로 도리어 비 웃었다고 하자. 그런데 뒷날 무슨 일로 '달걀을 세울 필요'가 생겼다.

지난날 그 글을 그저 무심히 독과한 '갑'은 결국 달걀을 세우지 못했 고, 을은 즉시 달걀을 두드려서 뭉그러뜨리어 세우는 데 성공했고, 병은 지난날 무심히 읽은 글을 떠올리며 달걀을 세우는 데 성공했고, 정은 지 난날 비소(卑小, 보잘것없이 작음)한 글이 생각나서, 이런 평범하고 쉬운 일을 못 하랴 하고, 역시 달걀을 세우는 데 성공하였다. 하지만, 지난날 비소한 그 글이나마 없었다면 그런 생각은 할 수조차 없었을 것이다.

평범한 일 — 시간이 지나면 아무리 평범하고 가치 없는 우스운 일이라도 결코 불고(不顧, 돌아보지 아니함)할 것이 아니다.

몇 달 전에 글을 하나 써서 어느 신문사에 준 일이 있다. 한 달이 지나도 그것이 신문에 게재되지 않으므로 그 신문의 책임자에게 몰서(沒書, 기고한 글을 싣지 않고 버림)했느냐고 물었더니 대답이,

"아동주졸(兒童走卒, 철없는 아이들과 어리석은 사람들을 아울러 이르는 말)도 운위하는 그런 평범한 소리를, 적어도 선생님 이름으로 지면에 게재하면 선생님 명예에 관계되겠기에 그냥 보류해두었습니다."

운운. 즉, 달걀을 뭉그러뜨려서야 누군들 못 세우랴. 좀 고상한 방식, 우아한 방법으로 세우는 재주를 피워 보라는 것과 똑같은 논법이다.

적어도 문단의 노졸(老卒, 노병)인 여(予, 나) 같은 사람에게서 나오는 글이면, '삶이 어떻고', '문학 — 예술이 어떻고' 등의 고상한 글이어야 할 터인데, 출판계가 어떻고, 문법 통일안이 어떻고 등의 비속하고 현실적인 글을 쓰다니. 그리하여 해군(該君, 그 사람이란 뜻으로 여기서는 신문사의 책임자를 말함)은 그런 속된 현실 문제를 운위하는 글은 나의 명예를 위하여 보류하여 둔 모양이다.

이렇듯 현실에 빗댄 문제를 운위하는 것은 비속하다고 보는 것이 우리 젊은 문학가들이 갖고 있는 생각이다. 그러나 모름지기 문학가가 된 이상 고상한 이상을 논할 것이지, 어찌 비속한 현실을 논할 수 있으랴.

이번에《백민》에서 의뢰한 이 글 역시 '조선 문학 재건'에 대한 것이었다. 그런데 재건이라 함은 과거에 있다가 일단 없어진 것을 다시 일으키는 것인데, '있다가 일단 없어진 일'도 없거니와, 그러니까 재건이라는 것은 문제도 되지 않는 것이거니와, 그 재건이라는 말을 '건설'이란 말로 바꾼다고 해도, '조선 문학 건설에 대한 나의 제의'라는 제목이 너무도 막연하고 불명료하며 요령부득이어서 편집자에게 좀 더 자세한 설명을 요구하면, 아마 역시 고상한 제목을 고르느라고 골라낸 데 지나지 못할 것으로 편집자 자신도, '역학적으로 달걀을 세우는 이론'밖에는 아무것도 없을 것이다.

거기에 대해 내가 만일 달걀을 좀 두드려서 한쪽을 좀 뭉그러뜨리는 방법으로 대답한다면, 모르긴 모르겠지만, 그런 것이야 누구든 아는 이야기 아니냐고 비웃을 것이 틀림없다. 그러나 나의 재간으로는 달걀을 세우려면 한쪽을 좀 두드려서 뭉그러뜨리는 것밖에는 그 이상의 다른 재주도 없을뿐더러 달리 달걀을 세울 수 있는 묘법 또한 없다.

조선 문학을 건설하려면 까다롭고 고상한 어떤 이론이 있는 것이 아니다. 각자가 모두 현실에 임하여 자기 문학을 개척해 나아가는 것─이것뿐이다. 자기도 모르는 이론을 논하는 것은 백해(百害, 온갖 해로운 일)가 있을지언정 일리(一利, 한 가지 이익)는 있기 때문이다.

나는 과거 30년(정확히 29년 4개월) 동안 오직 문학밖에 모르고 살았다. 때로는 사담(史譚, 역사 이야기)이며 대중소설에도 손을 붙였지만(기간으로나, 분량으로나 적지 않은 편이다) 그것 역시 문학이요, 소설이다.

그러나 같은 문학이어도 시나 희곡, 다른(소설이 아닌) 외입(外入, 간여함)을 한 일은 없다. 그러다 보니 달걀을 역학적으로 세워 보려고 노력한 일도 없고, 다만 뭉그러뜨려서 세우면서 전진하였을 뿐이다.

문학에 뜻을 두는 사람 모두가 이렇게 하면 조선 문학은 저절로 발전할 것이다. 그러나 달걀을 역학적으로 세워 보려고 하거나 그런 이론을 억지로라도 전개하려고 하면 그것이야말로 조선 문학의 발전을 막는 길임을 명심해야 한다.

─1948년 5월 《백민》 통권 14호

Part3 작가 생활의 회고

문학과 벗을 추억하다

나의 생활백서 | 노천명

시골뜨기 | 노천명

나는 바쁘다 | 이광수

나의 유년 시절 | 강경애

은둔 생활의 우울 ― 나의 생활 보고서 | 여운형

소설가란 직업 | 계용묵

고 이상의 추억 | 김기림

이상의 편모 | 박태원

유정과 나 | 채만식

박용철과 나 | 김영랑

효석과 나 | 김남천

나의 생활백서

노천명

이렇게 사는 것을 생활이라고 할 수는 없는 일이고 생존이라고 해야 옳을 것이다.

이곳 지하실 합숙소에서 신세를 지고 있는 것도 그럭저럭 일 년이 넘었다. 규칙적인 한 가지 반찬에다 양쌀밥(서양 쌀로 지은 밥)을 먹어도 여럿이 먹으니 달고, 좁은 방에서 네 사람이 복작거리는 것도 기숙사 생활 같아서 견딜만하다. 그러나 식당 아주머니한테 담배니, 사과니 사러 오는 사람들이 시도 때도 없이 풀떡풀떡(힘을 모아 자꾸 거볍게 뛰는 모양) 문을 여는 통에 자리를 펴고 자는 꼴도 보여야 하고, 분을 바르는 것도 들켜야하는 일이 내게는 마치 벌을 서는 것만 같다. 하나 귀여운 아가씨 순희, 정옥이 하며, 순옥 할머니, 어 씨(漁氏) 아주머니는 정말이지 보기 드물게 좋은 사람들이다.

이렇게 잘 모르는 사람들과 같이 있으면서도 마음을 상하지 않는다는 것은 실로 큰 다행이 아닐 수 없다. 나는 이 점을 늘 감사해 한다. 가끔 옆에 있는 남자들 방에서 술 먹고 놀다가 통근차를 놓쳐버린 친구들이 있는데, 그런 날 저녁이면 "오늘 밤에도 잠 다 잤어요, 선생님!" 하고 정옥이가 가만히 불평하며 돌아눕곤 했다. 아니나 다를까. 악당 김(金), 조(曺) 일파의 이 도깨비 악대는 열아홉 살 예과생의 기분으로 지하실을 들었다 놓았다 하곤 했다. 미상불(未嘗不, 아닌 게 아니라 과연) 찬바람이 씽씽 도는 방에 덮을 것도 변변치 않은 을씨년스러운 곳에 들어와서 그들이 소리 없이 가만히 누워 잔다면 그것 또한 정말 서글퍼서 볼 수 없는 일일 것이다. 그러니 그렇게 뒤떠들다 쓰러져 자는 것이 차라리 낫고, 그렇게 굿이라도 한바탕 하는 것이 그들 스스로 우울한 분위기를 깨뜨리는 좋은 방법이기도 하다.

요즘 젊은이들의 심경을 이 합숙소에 와 있으면서 나는 더 많이 이해할 수 있게 되었다. 그러나 몸도 아프고 마음을 정 달래 수 없을 때는 서대신동으로, 또 초장동 윤초 형 집으로 달아나곤 한다.

"어떻게 거기서 지내간? 하꼬방(작은 판잣집)이라도 하나 짓자."

서대신동 친구 이 여사가 이렇게 말할 때마다, 나는

"그래야겠어."

라고 대답은 하지만, 그것은 정말 태산 같은 일이다. 날개도, 다리도 모두 잘린 나비처럼 나 혼자서는 도무지 어떻게 할 수 없기 때문이다.

"언니 정도 되면 차가 앞문으로 들어왔다 뒷문으로 빠져나가고 다 호화판으로 사는 데, 오늘도 언니가 돌아갈 곳은 지하실 합숙소야."

후배 C에게서 이런 말을 듣고 돌아오던 날은 아닌 게 아니라 기운이 많이 꺾이는 것을 어쩔 수 없었다. 정말이지 이런 내 모습을 남들에게 보이는 정신적 고통이 육체적인 고통보다도 훨씬 더 컸다.

가끔 모르는 독자들에게서 편지가 온다. 대부분 위로와 격려의 고마운 글들이다. 그중 "오래오래 살아 주십시오. 그리고 좋은 글 많이 써 주십시오."라고 했던 손득룡이란 분의 편지가 유독 기억에 남는다. 하지만 오래 살다가 기막힌 꼴을 남에게 보인다면, 차라리 더 늙기 전에 하루라도 빨리 죽는 것이 더 고마운 일이 아닐까도 싶다.

이러한 날 중에 하루는 내게 기적이 일어났다.

진명여고 시절 선배인 윤초 형으로부터 판잣집을 지으라고 재목(材木)을 얻은 것이다.

"자, 이걸 줄 테니, 용기를 내서 시작해 봐. 그러고 보면 노 시인도 나만큼이나 주변머리가 없어. 험한 세상 살려면 남의 신세도 좀 져 봐야 해."

윤초 형 말대로 집을 지으려면 적잖은 용기가 필요했다. 널판자를 실어다 놓고, 목수를 불러다 대니, 이것으로는 재목도 모자라고 당장 쓸 것이 우선 없다는 것이다. 그날로 필요하다고 사들인 재목이 자그마치 30만 원어치였다. 그러자 덜컥 겁이 났다. 4, 50만 원만 들이면 조그마한 집을 지을 수 있다고 들었기 때문에 속으로 재목은 있으니 일꾼들 품삯이나 들이면 될 줄로 알았던 것이다.

다음날 또 만 원 가까이 들어야 했다. 그리고 계속해서 못 값이요, 각목

155

이요, 레이션 박스요, 무엇 무엇이요 하는데, 보아하니 그것들 역시 들이지 않으면 안 될 물건들이었다. 나는 속으로 괜한 일을 저질렀다고 후회하면서도 여기저기 돌아다니면서 돈을 마련했다. 그리고 남들은 이틀만에 짓는다는 것을 일주일도 더 걸려서 그럭저럭 세워놓고는 부랴부랴 들기로 했다. 이 조용한 데서 글을 부지런히 써서 빚을 갚으면 되지 않느냐고 스스로 격려하면서 소원이던 방 하나를 갖는 행복을 얻은 것이다.

판잣집이든 어디든 자유 천지니 좋다. 이 속에선 내가 먹거나 굶거나 누가 알 것이냐.

"여름 다 나고 왜 하필 추울 때 이 솔밭 사이로 들어오십니까? 진작 지으시죠. 겨울에 여기 바람 굉장합니다."

집을 짓던 이의 말처럼 이 송림에서 불어치는 바람 소리는 흡사 바람이 있는 날 밤바다의 파도 소리 같았다.

"창은 한복판에다 내야 합니다."

하는 것을 우겨서,

"아니에요. 글쎄, 제가 해 달라는 대로만 좀 해주세요. 한복판에서 훨씬 지나 오른편으로 바싹 내켜서 내어주세요."

창에다 바다를 넣기 위해 이렇게 우겨 가며 만든 창으로 나는 바다를 내다본다. 조그만 방에 창이 많으면 춥다고 걱정해주는 것을 고집을 부리고, 뒤에다 창을 또 하나 내놓은 것을 통해서 원대로 솔밭을 내다보게 되었다.

이리로 옮겨온 첫날 저녁이었다. 유리창을 내다보며 저 별들 좀 보라며 좋아한 적이 있다. 그런데 가만히 보니 그것은 하늘의 별이 아니라 바다의 불빛이었다. 배는 안 보이고 불빛만이 보였기 때문에 별이라고 착각한 것이었다.

이리로 옮겨 오고 나서 벌써 달이 소나무 가지에 걸린 것도 쳐다보고 싱거운 둥근달이 송림 사이로 얼굴을 내놓은 것도 보았다. 그러고 보니 그동안 내 산장에도 제법 손님이 다녀갔다. 제일 먼저 들어선 사람은 순희였다. 그녀는 꽃을 사 들고 '선생님!' 하고 부르며 집에 들어서더니, 집이 예쁘다며 조그마한 게 무슨 새집 같다고 했다.

한번은 또 서대신동 친구 이 여사가 오더니,

"야, 이거 크리스마스에 나오는 집 같구나."

라고 해서 모두가 웃었거니와, 새집도 같고, 크리스마스에 나오는 집도 같다는 이 집이 나는 남의 양관(洋館, 서양식으로 지은 집. 즉, 양옥) 부럽지 않게 좋다. 그저 자유로운 내 처소라는 것이 다시없이 좋기 때문이다.

이것을 만들어 놓고부터 나는 어디 나가기가 싫어졌다. 남의 꼴도 보기 싫은 것이 많거니와 또 내 꼴도 남에게 보이기 싫었다. 부득이하게 만날 사람이 있어 다방에라도 나가서 앉아 있으면 정말이지 벌을 서는 것처럼 얼굴이 확확 달아올랐다. 방송국 숲속, 이 집 안에다 내 몸을 감추는 것이 제일이었다.

바람이 지동(地動, 지진)치듯 불어대니 판잣집이 흔들린다. 또 어느 틈에 천장에는 서군(鼠君, 쥐)이 협호(夾戶, 본채와 떨어져 있어서 딴살림을 하게 되어 있는 집채)살이로 들어왔다. 쥐와 더불어 사는구나—

밤엔 자연 늦게 자게 되고, 아침엔 웬일인지 세 시 반이면 잠이 깬다. 그런데도 건강에는 별 이상이 일어나지 않는다. 조용한 시간에 굶주렸기 때문인 듯하다.

국숫집 목판 상처럼 나무판자를 뚝딱뚝딱해서 만든 책상에 원고지를 내놓고 턱 앉으니 감개가 무량하다. 책상이라고 하는 것에 마주 앉은 것이 너무도 오랜만이기 때문이다.

미국으로 날아가는 꿈도, 일본으로 건너가는 꿈도 내게는 아득하기만 하다. 그저 작품을 좀 쓰고 싶은 생각뿐이다. 밥을 좀 며칠 안 먹으면 좋겠다. 세끼 밥을 먹어야 한다는 것은 정말이지 사람을 너무 귀찮게 구는 일이다.

'시중드는 계집아이라도 하나 있으면 좋겠다.'라던 이 여사가 하루 저녁엔 정말 계집아이를 하나 데리고 왔다. 열아홉 살이라고 했다. 그로 인해 아주 오랜만에 찾은 내 자유는 다시 깨지고 말았다. 이 신입자에 대해서 아무래도 마음이 쓰인다. 빈방에 무슨 방 치울 것이 있나. 아무것도 일거리가 없다 보니, 아이는 밖에 나가 바다를 바라보기 일쑤였고 갑갑해하는 양이 보기에도 매우 딱했다. 여벌 이부자리도 없고, 또 식량도 그러하고, 아무리 생각해봐도 군식구 하나를 더 챙기기에는 내 실력이 너무 부족했다.

이런 절박한 사정으로 인해 나는 모처럼 생각하고 데려다준 처녀를 며칠 후 다시 돌려보낼 수밖에 없었다. 그러자 무슨 큰 짐이라도 벗은 것처럼 시원한 감이 있었고, 다시 호젓한 나만의 세계를 갖게 되었다.

비가 떨어지는 하루아침, 서울에서 가져온 것이라며 숙대 학생 하나가 흰 국화를 대여섯 송이 갖다 주었다. 생일날 조카딸이 새빨간 달리아를 사다 꽂아준 뒤로는 방이 무색하던 차에 나는 그 꽃을 반겨 받아 놓았다. 한밤중에 글을 쓰다가 눈을 주어 보니 국화가 어쩌면 그렇게도 화려할까 보냐. 또 한결 순정적인 것이 붉은 꽃 못지않았다. 그러니 비록 깡통일망정 꽂아 놓아야만 견디겠다 싶었다. 사람 역시 이렇게 가진 것 없이, 차릴 것 없이, 오늘 있다가 내일 버리고 떠나가도 전혀 아깝지 않게 사는 것 또한 나쁘지 않을 듯하다.

입동이라고 해서 김장 걱정을 하나, 장작 걱정을 하나, 정말 살림하는 식이 사변 이후엔 퍽 간편해졌다. 요즘 와서는 서울 집도 별로 생각이 안 난다. 졸연히(猝然―, 갑작스럽게) 나는 서울로 올라가지 않을 듯하다. 기차역이 가까워서 기적 소리가 유난히 크게 들려온다. 하지만 저 기차를 타고 아무 데고 가고 싶은 마음이 이제는 사라지고 없다.

보고 싶은 사람도 없어졌다. 가고 싶은 곳도, 보고 싶은 사람도 없어졌다는 것은 기막힌 일일지도 모른다. 그러나 실은 지극히 편한 일이다. 모두 와 보는 사람마다 이거 적적해서 어떻게 견디겠느냐고 하나같이 첫마디에 이런 인사들을 해주는데, 사실 이 집에 와서 적적해서 걱정된 적은 아직 한 번도 없었다. 나는 적적한 것과 잘 사귄다. 또 좋아질 수도 있다.

스승이나 선배도 찾아가 보지 못하고, 친구들도 좀체 찾지 못하며, 그저 숨이 차게 그날그날에 쫓기고 있다. 이렇게 단거리 선수 같은 적막한 삶에서 뒤를 돌아본다든지, 옆을 바라본다든지 하는 일은 있을 수 없다.

오직 앞만 바라보는 수밖에. 그런 점에서 남편이 벌어주는 돈을 길어다 놓은 물 퍼 쓰듯 쓰며 호기를 부리고 사는 여인들은 제비를 어지간히 잘 뽑은 줄을 알아야 할 게다.

누구에게나 한 번은 닥쳐와서 반드시 지나가야 한다는 이 터널을 나는 지금 지나가는 모양이다. 그런데 아무리 가도 가도 내 터널은 왜 이렇게 길고 끝나지 않는지 모르겠다. 언제나 이 캄캄하고 답답한 터널 속에서 내 인생 기차는 빠져나가게 될 것이냐. 이 어둠과 연기를 훌훌 털어 버리게 어서 좀 환해지고, 푸른 하늘이여 나오너라.

크리스마스에 나오는 집 같다는 내 산장에 오늘도 소나무 가지에서 까치들만 지저귄다.

—1954년 수필집 《나의 생활백서》

시골뜨기

노천명

맨 처음 서울에 올라온 것이 이맘때였던 듯싶다. 음력 2월 초순께쯤 되었던지, 춥기는 해도 겨울은 아니고, 그렇다고 봄도 채 되지 않았을 때였다.

옥색 두루마기를 입고, 여기 아이들처럼 다홍 제비부리댕기가 아닌 검정 토막 댕기를 드린 나를 보고 동네 아이들은,

"시골뜨기, 시골뜨기, 말라빠진 꼴뚜기!"

라고 하며 우르르 달아나곤 했다.

무슨 영문인지 알 수 없었던 나는 그 말이 재미있어 따라 웃으며 그들을 좇곤 했는데, 아이들은 줄달음질을 쳐서 골목 안으로 달아났다. 그때마다 시골 우리 동네가 그립고, 박우물게 이뿐이, 새장거리 섭섭이, 필녀, 창호 이런 친구들이 한없이 보고 싶어졌다. 학교에도 아직 다니지 않을

때였다.

어머니는 날마다 집주릅(집 흥정을 붙이는 일을 직업으로 가진 사람)을 데리고 집을 구하러 다녔고, 나는 그동안 이모 아주머니와 함께 있어야 했다. 이모 아주머니는 무척 재미있는 분이었다. 달리 그런 것이 아니라 환갑이 다 된 분이 머리가 전혀 세지 않은 대신 정수리가 무릎처럼 맸었기(뚫려 있거나 비어 있음) 때문이다. 거기에 함박꽃 빛 자주 마고자를 입은 모습이 꽤나 우스워 보였다.

그녀는 방 안에 가만히 앉아서 온종일 잔소리로 일을 보았다. 일하는 할아범과 할멈을 번갈아 불러놓고는 무슨 분부(吩咐, 윗사람이 아랫사람에게 내리는 명령이나 지시)인지 참 많은 것을 얘기하곤 했다.

한 번은 밖에 손님이 오셔서,

"이리 오너라."

라고 하자, 미닫이도 열지 않은 채 창경(窓鏡, 창문에 달린 거울)을 내다보며,

"거기 아무도 없느냐?"

라고 하더니, 아무 대답이 없는데도,

"누구신지 여쭤봐라."

라며 분부를 내렸다.

어처구니가 없는 것은 그다음이었다. 밖의 손님이 그 말을 듣더니,

"양사골 김 주사가 왔다고 여쭤라."

라고 하는 것이었다. 이어서 또 아주머니는,

"영감마님 출입하고 안 계신다고 여쭤라."

라고 했다.

할멈도, 할아범도 아무도 없는데 두 사람은 서로 얘기를 건네고, 문도 열지 않은 채 또랑또랑 말을 건네는 것이 나는 퍽 우스웠다. 서울은 정말 별난 곳이었다.

별난 것은 그뿐만이 아니었다. 우리 동네와 달라서 무슨 장수들이,

"비웃(청어)드렁(예전에, 장사치들이 물건을 사라고 외칠 때 물건 이름 뒤에 복수의 뜻으로 붙이던 말) 사려! 움파(겨울에 움 속에서 자란, 빛이 누런 파)드렁 사려!"

하며 외치고 다니는 것 역시 재미있었다. 그럴 때마다 나는 달음박질로 뛰어나가 문밖에 서서 그들을 구경하곤 했다. 한 번은 머리를 땋아 내린 호인(胡人, 중국인)이 팔에다 나무 궤짝을 걸고, 한 손에는 울긋불긋한 종이로 오린 꽃에다 섞어 만든 천연 멍게(해당화 열매) 같은 빨간 것을 꼬챙이에 끼워서 들고 가며,

"아가위(산사나무 열매) 콩─사탕─"

하고 외치는 것이다. 나는 무엇보다도 우리 시골에도 있는 멍게 같은 것에 반가움을 느끼고 한 꼬치에 5전이라는 그것을 샀다. 그리고 그것을 가지고 들어가서 먹어봤더니 맛이 여간 좋지 않았다. 시골 우리 아랫집 대각이네 모니카보다 훨씬 더 맛있었다. 그리하여 나는 아침이면 으레 어머니한테 아가위값을 타고 아가위 콩─사탕 소리가 들리면 무조건 뛰어나가 그것을 사곤 했다. 아주머니가 여덟 살이나 된 아이에게 저렇게 군것질을 시켜서 어떻게 하느냐고 걱정하셨으나, 어머니는 아무 말도 안 하시고 언제나 은장도가 달린 주머니 끈을 끌러서 돈을 꺼내주셨다.

서울은 정말 좋은 곳인 것 같았다. 신기한 것이 무척 많아 언제나 내 주의를 끌었기 때문이다. 한 번은 아주머니가 밖으로 나가더니 할아범에게 이상한 것을 들려고 들어오셨다. 그 찬란한 것에 나는 정말 황홀했다. 놋쟁반 같은 것에 오색이 영롱한 꽃이 하나 그득 담겨 들어 있었는데, 가까이서 보니 꽃만도 아니었다. 꽃·새·연밥·새파란 오이·가지·옥가락지·귀주머니·갖가지 패물·족두리·안경집… 이런 것들이 노랑·파랑·분홍·흰색·당홍·취얼(남색과 비취색에 가까운 파르스름한 색)·보라 등 이루 말할 수 없이 곱게 차려져 있었다.

이것을 보고 어머니가 아주머니에게 "요샌 색떡(꽃·용·새 따위의 갖가지 모양을 만들어 붙인 떡) 한 밥소라(밥·떡국·국수 따위를 담는 큰 놋그릇)에 얼마냐?"라고 물으니 5원이라고 하신다. 그것을 통해 그것이 색떡이라는 물건임을 알 수 있었다.

나는 그중 흰 바탕에다 검정 선을 두르고 분홍 매화와 새를 새긴 안경집과 칠보가 달린 족두리가 제일 고왔다. 그래서 어머니를 지긋이 잡아당기며 족두리와 안경집을 내게 달라며 마구 졸랐더니, 혼인집(혼례를 치르고 잔치를 베푸는 집)에 가져갈 것이라서 안 된다고 해서 얼마나 울었는지 모른다.

한참 있으니까 이웃집 서울 아이들이,

"애, 애야, 나와서 놀자!"

하고 저희 친구들을 찾는 노래 곡조 같은 소리가 들려왔다. 뻔히 나를 찾는 것이 아닌 줄 알면서도 나는 부리나케 뛰어나갔다. 첫째는 노래처럼 부르는 그 소리가 재미있는 까닭이요. 다음으로는 얼굴에 분세수(세수하고 분을 바르는 일)를 하고 기름을 발라서 머리를 곱게 빗은 서울 아이들을 보는 것이 좋았기 때문이다. 그래서 팔짱을 끼고 말없이 우리 집 문 앞에 가서 서 있는 것이다.

바로 건너다보이는 앞집은 꽤 큰 집이었는데 대문에 흰 글씨로 '성적분(혼인날 신부가 얼굴에 바르는 분) 파오'라고 쓰인 간판이 걸려 있었다. 나는 심심해서 속으로 몇 번이고 자꾸 '성적분 파오, 성적분 파오' 하고 읽어 보곤 했다.

하루아침에는 그 집에서 나만한 여자아이가 나오더니 내게 말을 붙였다. 말씨가 예뻐서 나는 그 애가 말하는 것을 무슨 고운 것이나 보듯 신기해서 자꾸 쳐다봤다. 그 애는 자기 집에서 성적분을 만든다는 것이며, 학교에 다니는 오빠가 있고, 할머니가 계시다는 것 등을 말해주며, 내 손을 잡고 저희 집엘 데리고 갔다. 나더러 널을 같이 뛰자고 하는데, 나는 뛸 줄도 모를뿐더러 무섭다고 질색했더니 줄을 잡아주며 줄을 잡고 뛰라고 했다. 그렇게 해서 줄을 잡고 널을 뛰어봤더니, 그 애는 나더러 사내널을 뛴다며 널뛰는 것을 친절하게 가르쳐주었다.

그 후 인순이는 아침만 먹으면 우리 집에 와서,

"애, 애야, 나와서 놀자!"

라며 나를 불러주었다.

그러나 차츰 정이 들려던 때 우리는 집을 구해서 이사를 하게 되었다. 서울 길을 모르는 나는 그 후 인순이와 다시는 만날 수 없게 되었다. 학교

입학 후 그녀를 찾으려고 해봤지만 허사였다. 딴에는 집이 너무 완고해서 학교에 들어가지 못한 듯싶었다.

인순이는 내가 서울 와서 제일 처음으로 사귄 친구였다. 그래서 지금도 서울에 갓 왔을 때의 일을 생각하면 으레 인순이가 생각난다. 내 머리에 떠오르는 인순이의 모습은 언제나 처음 만났을 때 그대로다. 그녀는 꽃분홍색(진한 분홍색) 삼필 치마에 연두저고리를 입고 파란 짚신을 신고 있다. 나는 그때 인순이의 이름을 알았지만, 인순이는 내 이름도 모른 채 헤어졌다. 다만, 시골아이라고 알았을 따름이다.

—**1949년 3월**

나는 바쁘다

이광수

글을 써 보려고 대문을 닫고 혼자 책상 앞에 앉았다. 만년필에 잉크를 잔뜩 넣어 들고 원고지 위에 손을 놓았다. 그러나 글을 쓸 새가 없이 나는 바쁘다.

제비 새끼들이 재재재재하고 모이를 물고 들어오는 어버이를 맞아들이는 소리가 들린다. 받아먹는 것은 번번이 한 놈이지만, 다섯 놈이 다 입을 벌리고 나도 달라며 떠든다. 그러나 어버이는 어느 놈에게 주어야 할 것인지 잘 알고, 새끼들도 이번이 제 차례인지 아닌지를 잘 안다. 그러면서도 괜히 한 번 입을 벌리고 재재거려 보는 것이다. 차례가 된 동생이 받아먹은 뒤에는 다들 입을 다물고 가만히 있다.

인제 제비 새끼도 깐 지 이 주일이나 되어서 제법 제비 모양이 다 되었다. 뒤를 볼 때는 그 좁은 데서 비비대기(마구 비비는 일)를 쳐서라도 꽁무니를 밖으로 돌려대는 것은 사오일 전부터다. 어제오늘부터는 두 발로 잔뜩 집 언저리를 감아쥐고 꼬랑지를 내밀 수 있는 대로 밖으로 내밀어서 부정한 것이 집터에 묻지 않도록 애를 쓰게 되었다. 방바닥에 싸 놓은 똥을 어미 아비가 물어내던 것은 벌써 옛날 일이다. 인제 새끼들은 눈을 떠서 배를 타고 앉은 사람들처럼 고개를 내어 두르며 사방을 바라보기도 한다.

어저께는 어버이 제비들이 거의 한나절이나 새끼들에게 모이를 안 먹이고 빨랫줄에 돌아와 앉아서 소리를 하였다. 이것은 새끼들에게 '날아서 나와 보라.'라는 뜻이다. 그러나 새끼들은 아직 그 날갯죽지에 자신이 없는 모양이어서 어버이를 바라보고 소리만 지르고 있었다. 그러자 어버이 제비들은 하릴없어 다시 모이를 물어다가 새끼들에게 먹이기 시작하였다.

새끼들이 자란 탓인지, 아비 제비가 어제오늘은 어미 제비를 어르는 행동을 시작했다. 그러나 어미 제비는 거절하였다.

"주책도 없이. 어디에다가 알을 낳으란 말이오?"

아내 제비가 남편 제비를 이렇게 책망하는 듯했다.

"찌째! 찌째!"

하는 소리를 어미 제비가 반복하는 것은 "조심하라, 적이 가까이 왔다"하는 경보다. 그저께는 하도 이 경보가 심하기로 나가서 살펴보았더니 아래채 기와 끝에 어린 구렁이 한 마리가 붙어 있었다. 참새 집이 갑자기 없어진 것이 이놈 때문이었다. 참새는 농가의 미움받이라 뱀이 잡아

먹어도 괜찮지만, 제비 집을 건드려서는 큰일이다. 나는 작대기를 가지고 그놈을 때려잡아서 땅을 파고 묻으려고 했더니, 마침 집에 와 있던 창욱이라는 사람이,

"뱀은 묻는 것이 아니랍니다. 막대기에 걸어서 내다가 홱 던지는 법이랍니다."

하고 뱀 장사(葬事, 장례를 지내는 일)하는 예법대로 하였다.

뱀이란 언제 봐도 싫은 짐승이다. "사람의 자손은 네 자손의 머리를 까고, 네 자손은 사람 자손의 발뒤꿈치를 물어서 영원히 서로 원수가 되리라."라고 하나님의 저주를 받았다는 창세기의 말은 지금 생각해도 진리임이 틀림없다. 그 입과 눈! 생각만 해도 몸에 소름이 끼치는 짐승이다. 뱀의 처지에서 보면 사람도 과연 그럴까.

뱀 중에는 업구렁이(집안의 재산을 늘려 준다는 구렁이)라는 것이 있다. 집터에 있어서 쥐와 새를 잡아먹으므로 주인을 이롭게 하는 것이다.

상사뱀(상사병으로 죽은 남자의 혼이 변하여 사모하던 여자의 몸에 붙어 다닌다고 하는 뱀)이란 것도 있다. 남녀 간에 짝사랑하다가 죽으면 뱀이 되어서 생전에 사랑하던 여자의 몸에 붙어서 떨어지지 않는다는 것이다. 여자가 뱀이 되어서 남자에게 붙는지 않는지는 아직 듣지 못하였다. 재산을 탐내면 구렁이가 되고, 여자를 탐내면 상사뱀이 된다. 무릇, 무엇에나 탐을 내어서 잊지 못하면 뱀으로 환생하는 것이다.

뱀은 이렇게 악업(惡業, 〈불교〉에서 말하는 삼성업의 하나로 나쁜 결과를 가져올 악한 행위를 말함)이 깊은 짐승이라, 그의 일생이 매우 괴롭다고 《법화경》에도 쓰

여 있다. 부처님의 말씀을 비방한 자는 큰 구렁이가 되어서 그 비늘마다 벌레가 있어 가려워서 못 견딘다고 한다. 속에 욕심과 독을 품고 항상 그늘로만 숨어서 다니니 마음이 편할 리 없다. 세상이 넓고 중생이 많다 해도 뱀을 사랑하는 이가 있을까. 또 사람 중에도 뱀 같은 이가 있지 않을까.

글을 쓰려고 붓을 들고 앉아서 이런 생각에 바빴다. 안 되겠다, 인제부터는 글을 쓰자.

나는 기분을 전환하려고 앉은 자세를 고친다. 이때 우수수하고 비 내리는 소리와 함께 뜰 가장자리에 있는 소나무가 바람에 흔들리는 소리가 들려온다. 서창(書窓, 서재에 나 있는 창)을 아니 열어볼 수 있는가. 서창은 바로 내가 책상을 놓은 쪽에 쌍창(雙窓, 문짝이 두 개 달린 창문)으로 나 있다.

나는 서창을 열었다. 삼각산과 불암산은 빗속에 사라져 버리고 앞개울 건너 문재산 역시 묽은 숯먹으로 그린 듯 희미하다.

며칠 전에 핀 달리아 꽃잎이 비와 바람을 맞아 산산이 떨어져 땅에 깔린다. 흙에서 왔다가 흙으로 돌아가는 것이다. 그러나 그가 떨어지기 전에 벌써 다른 꽃이 피어서 한창 그 아름다움을 자랑하고 있다. 그래서 달리아의 꽃 공양은 쉴 새 없는 것이다.

달리아에 이웃해 있는 토마토도 있는 듯 없는 듯 꽃이 피었다. 남들은 순을 친다는데, 나는 토마토 자신에게 맡겨버리고 말았다. 몇 가지를 치든지, 열매가 몇 개 달리든지 제 마음대로 하라고 한 것이다. 어떤 모양의 토마토가 열리는지 알 수 없다. 문득, 그 익살스럽고 이유 없이 혹이 돋고 찌그러진 모양이 생각나서 나는 웃었다.

그 옆에는 댑싸리(명아줏과의 한해살이풀)가 났지만 가만 내버려 두었다. 또 그 옆에는 살구나무가 났다. 그것도 가느다란 가장이와 이파리가 너불너불하고 있다. 보리타작 할 때는 살구가 익는다. 젊어서는 독한 청산을 품어도 누렇게 익으면 그 독하던 것이 달고 향기로운 살구로 변하는 것이다. 이 나무가 자라서 살구가 섬(부피의 단위. 한 섬은 한 말의 열 배로 약 180리터에 해당한다)으로 달리자면 아마 삼십 년은 기다려야 할 것이다. 그때쯤이면 우리 우물을 파던 그 기운찬 제하 역시 환갑노인이 될 것이다.

비를 맞으면서도 나비들이 날아다닌다. 흰 나비 한 마리에게 쫓기는 알락나비(본바탕에 다른 빛깔의 점이나 줄 따위가 조금 섞인 나비)가 피하다, 피하다 못해 달리아 꽃에 머리를 박은 채 흰 나비의 사랑을 거절하고 있다.

비는 더 와야 하겠는데 방죽 위에 버드나무가 남으로 고개를 숙인다. 바람이 서쪽으로 돌았다가는 걱정이다. 비가 왜 이리 시원치 않으냐고, 사람들이 성화(成火, 일 따위가 뜻대로 되지 아니하여 답답하고 애가 탐. 또는 그런 증세)다. 비를 맞으며 써레(갈아 놓은 논의 바닥을 고르는 데 쓰는 농기구)를 지고 소를 앞세운 채 울타리 밖으로 지나간다.

"모는 꽂아놓아야지. 소서가 낼 모렌데!"

하는 것이 농가의 속 소리다.

때까치가 소나무 중턱에 붙어서 비를 피하며 깨깨 거린다. 내가 어릴 적에 살던 집 뒤란(집 뒤 울타리의 안) 오동나무에서도 비가 올 때면 이 새가 짖었다. 깨깨깨깨! 어머니는 저놈이 제 어미를 개울가에 묻고 비만 오면 저렇게 슬피 우는 것이라고 했다. 그때 들은 이름은 개고마리라고 하였는데 여기 사람들은 그것을 때까치라고 한다. 이름이야 무엇이건 간에 내 귀의 기억으로는 내는 소리가 똑같다. 오십 년 전 내 집 오동나무에 울던 그 개고마리가 지금까지 살아있을 리는 없고 설사 살아 있기로서니 천 리 밖에 그 늙은 몸이 나를 따라와서 내 창밖에서 울 리 없다. 그러나 한 개고마리는 죽어도 그 종족은 살아서 같은 소리를 영원히 전하는 것이다.

장난꾸러기 아이 같은 옥수수 잎사귀가 바람에 흔들리고, 소나무 소리는 물결 소리 같다.

아차, 소를 옮겨 매어야겠다. 오늘은 다섯 집에서나 소를 빌리러 온 것을 모조리 거절해버렸다. 줄곧(끊임없이 잇따라) 너무 오래 일을 해서 소가 꺼칠해졌을 뿐만 아니라 설사가 심하다. 말이 통하지 않으니 자세한 사정이야 알 수 없지만, 몸이 너무 고단한 것과 갑자기 햇풀(그해에 새로 돋아난 풀)을 뜯긴 까닭이라고 사람들이 말한다.

잔디 위에 누운 소는 마치 그런 듯이 고개를 들고 어딘지 모르게 바라보고 있다. 나고 자란 고향을 생각함인가. 수없이 논을 갈고, 밭을 헤친 기억을 더듬음인가. 코를 꿰이고, 고삐(말이나 소를 몰거나 부리려고 재갈이나 코뚜레, 굴레에 잡아매는 줄)에 매운 지도 이미 오래니, 고삐 기럭지(길이)밖에 나갈 생각도 잊은 지 오래다. 당당한 황소이면서 암소 곁에 한 번도 가보지 못하고, 햇풀이 길길이 자라도록 묵은 여물과 콩깍지를 먹고, 목이 터지도록 멍에를 메어야 한다. 주인 없는 물가 풀밭에서 마음 놓고 먹고 놀던 것은 그의 수백 대조 할아버지 적 일이다. 그 집안에는 역사를 적는 이가 없으니, 글로 읽어서 조상 때의 일을 알 수 없되, 어버이에서 새끼에 끝없이 전하는 그의 마음이 개벽 적부터의 그 집안 풍속을 그의 몸맵시와 함께 전해주는 것이다. 머리로 받는 버릇은 뿔과 함께, 새김질하는 법은 천엽(반추동물의 소화를 담당하는 위)과 함께, 무슨 풀은 먹고 어떤 것은 안 먹는 재주는 그의 코와 함께 받은 것이다. 뿔이 있으니 받아도 보고 싶고, 몸이 있으니 자손도 보고 싶으련만 이것저것 다 마음대로 못 하게끔 코를 꿰인 그는 사바세계의 참는 도를 닦을 수밖에 없는 것이다. 조상 때부터 따라오는 파리와 등에(등엣과의 곤충), 모기는 어디를 가든지 그에게 묵은 빚을 내라고 재촉하고 있다. 그것은 아무리 피를 빨리고 가려움과 아픔을 받아도 그 몸을 벗어 놓기 전에는 면할 수 없는 빚이다. 밤마다 내 베개에 들려오는 그의 한숨 소리의 뜻을 나는 알 것 같다.

—1947년 6월 28일, 사능에서

나의 유년 시절

강경애

다섯 살에 아버지를 여읜 나는 일곱 살에 고향 송화를 등지고 장연으로 오게 되었습니다. 말할 것도 없이 어머니는 생계가 곤란할 뿐만 아니라 장차 의지할 아들 하나 없이 딸자식인 나만 믿고 언제까지나 살아갈 수 없어 개가를 하셨던 것입니다.

그때 의붓아버지에게는 남매가 있었는데, 남아(男兒 사내아이)는 16, 7세가량이었고, 계집애는 나보다 한 살 위였습니다. 그러니 내가 온 지 이틀도 지나기 전에 우리는 벌써 싸움을 시작하였습니다. 날이 갈수록 어머니가 속상하신 것은 말할 것도 없고, 의붓아버지 역시 적이 실망하여 나중에는 몇 번이나 헤어지려고까지 한 기억이 아직까지 남아 있습니다.

우리가 싸우고 울 때마다 어머니는 너무도 속상해서 함께 우시면서,

"경애야, 제발 싸우지 마라. 너 계속 그러면 난 눈 감고 죽고 말 테다."

하시는 것이 거의 날마다 하시는 말씀이었습니다. 철없는 나이인지라 그 말에 나는 그만 겁이 벌컥 나서 북받치는 울음도 마음껏 울지 못한 채 어머니 곁에 조용히 쪼그려 앉아 있었습니다. 아버지가 돌아가시는 것을 본 까닭으로.

그러나 웬일인지 날이 갈수록 어머니만 빼놓고 그 집 식구 모두가 나를 몹시도 미워하는 것만 같았습니다. 어머니가 잠시만 집에 안 계시면 의붓아버지까지 한편이 되어서 내게 무서운 눈을 흘기며, 조금만 잘못하면 때리는 것이었습니다. 인생의 반 길에 가까워 오건만 아직도 그 기억이 문득문득 생각날 때가 많습니다.

열 살 되던 해 봄이었습니다. 지금도 작지만, 그때는 훨씬 더 작았기에, 그때 내 별명은 도토리 알이었습니다. 그러나 이지(理智, 이성과 지혜)는 생뚱맞게 얼마나 발달했던지 그때 벌써《조웅전》이며《숙향전》할 것 없이 눈에 띄는 소설책은 모두 독파하고야 말았습니다.

봄! 우리 집 뒷산에는 살구꽃, 앵두꽃, 복숭아꽃이 한껏 피어오르는 솜뭉치처럼 온 산을 푹 덮어버렸습니다. 우리가 각시(조그맣게 색시 모양으로 만든 여자 인형)를 만들 달래 풀 역시 길이길이 매우 좋았습니다.

어머니는 그날도 빨래를 가시며 싸움하지 말고 잘 놀라고 몇 번이나 부탁하시었습니다. 나는 누룽지를 먹으며 소꿉질을 하다가 그것도 결국 싫증이 나서 산으로 기어올라 달래 풀을 뜯기 시작하였습니다.

큰년이(의붓아버지 딸 이름)는 몸이 비둔하여 빨리빨리 움직이지 못해서 언제나 산에 오르게 되면 내 뒤꽁무니를 좇아다니며 내가 먼저 뜯은 것

에 손을 대곤 했습니다. 그날도 마찬가지였습니다. 한참 후,

"경애야, 경애야, 이리 오라우. 여기 달래 풀 아주 많아."

큰년이의 말에 나는 아무 생각 없이 깡충깡충 뛰어갔습니다. 그랬더니 덮어놓고 내 치마 앞을 헤치고 들여다보며 그중 가장 좋은 것을 가득 움켜쥐었습니다. 불의지변(不意之變, 뜻밖에 당한 변고)을 당한 나는 그만 너무도 분해서 큰년이의 손을 쥐어 잡고 뿌리쳤습니다. 그러자 단박에 달려들며 내 머리를 잡아채고 꼬집었습니다. 그녀의 힘을 잘 아는 나는 어쩔 수 없이 힘껏 뿌리치고 도망쳐야 했습니다. 하지만 그녀는 씩씩거리며 무섭게 따라왔습니다.

집으로 내려가자니 어머니가 아직도 안 오셨을 테고, 그래서 산 위로 도망치다가 날마다 오르는 살구나무를 타고 잔나비(원숭이)처럼 발발 기어올랐습니다. 그녀가 나무를 타지 못하는 줄 잘 알고 있었기 때문이었습니다. 마침내 큰년이는 살구나무 아래까지 와서는 나무를 사정없이 흔들어 놓으니 마치 겨울에 눈 내리는 것처럼 꽃송이가 펄펄 날아 내 머리와 옷이며 그녀에게까지 빨갛고 희게 떨어졌습니다.

한참이나 흔들던 그녀는 싫증이 났는지 뭐라고 욕을 퍼부으며 집으로 내려갔습니다. 나는 적이 가쁜 숨을 몰아쉬고 어서 바삐 어머니가 오시기를 눈이 아물아물하도록 바라보고 있었습니다. 그때 내 눈이 뚫어지도록 바라보던 어머니가 오실 그 길! 이 봄을 맞는 내게 아직 그 길이 아득하게 나타나 보입니다.

—**발표 연도 미상**

은둔 생활의 우울 — 나의 생활 보고서

여운형

최근 생활 말씀입니까? 요즘 나의 생활은 우울 이 한자로 요약할 수 있습니다. 늘 우울하게 지내다 보니 신경통까지 납디다. 내 성격이 늘 쏘다니기를 좋아하고, 일하고 활동하기를 좋아하는데, 최근 나의 생활은 그러지를 못하니 왜 신경통이 아니 나겠습니까? 그러나 운동과 산책으로 늘 그날그날의 우울을 잊고 지냅니다.

나는 언제나 가방을 들고 여행을 떠날 때처럼 기쁠 때가 없고, 국경에서 국경으로 쏘다니며 방랑하기를 좋아합니다. 좌우간 여간(如干, 이만저만하거나 어지간함) 고생이 있을지라도 모험과 방랑을 좋아합니다. 이것은 요컨대 내가 나의 반생을 그렇게 지낸 까닭이겠지요.

그러나 요새 시국이 시국이니만치 당국에서도 좀 조용히 지내기를 요구하고 나 자신도 역시 그렇게 하기를 힘씁니다. 그런데도 나의 일상생활이 궁금합니까?

　－ 오전 6시 기상, 밤 10시 취침
　－ 낮에는 누군가를 방문하거나 독서 또는 산책
　－ 운동회 또는 모임 참석
　－ 등산 또는 운동

　그러나 잠자는 시간만은 반드시 밤 11시를 지킵니다. 이것은 나의 습관도 습관이지만 첫째는 나의 건강 비결 때문입니다. 그 때문에 어느 때, 어느 경우를 막론하고 11시를 지나서 자는 일은 절대 없습니다. 신문사에 있을 때도, 연회나 어떤 모임에 참석해도 11시만 지나면 만사를 제쳐놓고 집으로 돌아옵니다. 그래서 나를 11시 친구라고 하는 이도 있습니다. 그러므로 나는 그다지 병을 앓는 적이 없습니다.

　나는 심한 겨울이라도 방에서 자지 않고 마루에서 잡니다. 1년 365일을 언제나 마루에서 대기를 쏘이며 침상을 놓고 자지요. 아무리 추운 엄동이라도 따듯한 온돌에서는 몸이 끈적끈적해서 잠이 오지 않습니다. 사람은 누구를 막론하고 언제나 신선한 대기 속에서 지낸다면 건강에 여간 좋지 않고 따라서 심신이 상쾌해질 것입니다.

　그런데 요새 지내는 생활 말씀입니까?

　그저 그럭저럭 지내고 있습니다. 말하자면 여러 친구의 도움으로 지냅니다. 그러나 별로 불안은 느끼지 않습니다. 사람이 사는 이상 어떻게든지 지내겠지요. 올해 여고에 새로 입학하는 딸도 있고, 동경에 가 있는 아들도 있어서 책임이 무겁습니다.

장차 나의 할 사업 말씀입니까?

글쎄요. 별 계획이 없습니다. 기회 있는 대로 무엇이든지 할 것입니다. 그러나 아직은 묘연하기만 합니다. 어서 빨리 좋은 기회가 오기를 기다릴 뿐입니다.

—1938년 5월 《조광》 4권 5호

소설가란 직업

계용묵

"소설가가 생활에 위협을 느낀다는 것은 거짓말이다."

이런 말을 들었다. 제주도에서였다.

피난 첫해를 나는 제주읍에 있는 '카네이션'이란 다방에서 지냈다. 커피 향기에 취해서가 아니었다. 향락에 취해서도 물론 아니었다. 있을 곳이 없어서였다. 살겠다고 난을 피해 이 절해(絶海, 육지에서 아주 멀리 떨어져 있는 바다)의 고도(孤島, 육지에서 멀리 떨어진 작은 섬)에까지 흘러온 몸이라 끝까지 살기 위해 뻗대어 보지 않을 수 없었다.

돼지처럼 기거해야 하는 공동수용소에는 차마 발길을 들여놓을 수 없었다. 그렇다고 돈이라도 많이 갖고 있었느냐? 그것도 아니다. 방 한 칸 얻을 돈조차 없었다. 그러다 보니 그대로 노상(路上, 길 위)에서 방황해야만 했다. 그런 얘기가 어느 한학자의 귀에 흘러들어 갔던 모양이다.

한학자는 — 글은 글로 통해야 한다며 — 우리 집에 마루방이 있으니, 우선 방이 날 때까지 만이라도 거기서 지내라며 호의를 베풀었고, 나는 한학자의 집 마루방에다 짐을 풀었다.

일찍이 면식이 있던 것도 아닌데 글을 한다는 소리를 풍문으로 듣고, 글은 글로 유통되어야 한다며 자진해서 방까지 제공해주는 그 호의에 감사하기 전에, 문필인으로서 그 감격에 감읍하여 눈시울을 뜨겁게 느끼지 않을 수 없었다. 실로 문필인으로서의 내 생애에 있어 이는 영원히 잊을 수 없는 감격의 한 토막일 것이다.

면식(面識, 안면. 얼굴을 서로 알 정도의 관계)을 초월해서까지 글은 글로 유통이 된다는 것, 이 얼마나 반가운 일인가. 그러나 제주가 아무리 남쪽이라고는 해도 겨울은 겨울이었다. 화로 하나 놓지 못한 마루방에 댕그라니 앉아서 엄습하는 한기를 이겨 낼 도리가 없었다. 할 수 없이 몸을 데우기 위해 다방을 찾았고, 통행금지 예비 사이렌이 울릴 때까지 그 노변(爐邊, 화로 나 난로가 놓여 있는 주변)을 떠나지 못했다.

사실 그 다방에는 날마다 일정한 시간을 두고 미 공군 여섯 사람이 출입하고 있었다. 그런데 자기네들이 올 때마다 밤이나, 낮이나, 언제나 내가 앉아 있는 것이 그들의 눈에는 이상하게 보였던 모양이다.

하루는 내가 다방에 나오는 도중 친구를 만나 시간이 좀 지연되었는데, 내 그림자가 보이지 않자 주인에게 묻기를, "왜 오늘은 그 사람이 없느냐? 도대체 그 자그마한 사람은 뭘 하는 사람이냐? 무슨 일을 하기에 매일 다방에서 사느냐?"며 나라는 사람의 정체에 대해서 매우 궁금해 하더란다. 그래서 주인이 말하기를, "그 사람은 서울에서 피난 온 소설가다. 하지만 온돌방을 구하지 못해 우리 다방에 불을 쏘이러 나오는 것이다."라고 했더니, 그중 한 사람이 손을 번쩍 들어 "노~오 노~오!"라고 외치면서 거짓말하지 말라고 했단다. 그래, 주인이 농담이 아니고 사실이 그렇다고 다시 말했더니, 반신반의하는 태도로 "아니, 소설가라면 돈을 많이 벌었을 텐데, 그게 무슨 말도 안 되는 소리냐?"며, 소설가가 생활에 위협을 느낀다는 것이 — 우리나라에서는 삼류 소설가라도 생활에 위협을 느끼는 일은 없다며 다시 손을 들어 주인의 말을 막았다고 했다. 이에 우리나라는 당신네 나라와는 실정이 달라서 소설이, 더욱이 순수문학이 잘 팔리지 않아 소설가뿐만 아니라 예술인 대부분이 가난하다고 했더니, 눈을 둥그렇게 뜬 채 도리질(말귀를 겨우 알아듣는 어린아이가 어른이 시키는 대로 머리를 좌우로 흔드는 재롱)을 하더란다.

　이튿날, 이런 이야기를 그 다방 주인인 음악가에게서 막 듣고 앉아 있는데, 또 그들이 다방으로 들어오다가 나를 보고 히 — 죽 미소를 지으며 인사를 건넸다. 그리고 그중 제일 나이가 적은 사람이 덥석 손을 내밀어 전례 없이 반가워하며 악수를 청한 후 카멜(외국 담배의 한 종류)을 권했다. 그러면서 하는 말이 자기도 미술을 공부하는 사람으로 예술인을 좋아한다면서, 어제 다방 주인에게서 당신 이야기를 들어서 잘 아노라며, 얼마나 고생이 되느냐고 위로했다. 그러고 나서 대한민국에서는 소설가가 그렇게 돈을 못 버느냐고, 이 다방 주인이 그렇게 말했는데 그게 사실이냐고 물었다. 이에 사실이라며 웃었더니, 정말 사실이냐고 되채며(되받아서 채며)

머리를 흔들었다.

그에게는 그 사실이 그렇게 믿기지 않았을까? 하기야 그렇게 믿기지 않는 사실이 우리에게는 엄연한 사실이다. 그러나 그까짓 사실이야 어쨌든 간에 제주 피난에서 글이 글로 통할 수 있었던 감격에 아주 오랜 만에 나 자신을 되찾은 것만 같았다. 설령, 글 한 줄에 백만 원을 받았다고 하더라도 이런 감격에 감읍되지는 않았을 것이다.

—**1955년**

고이상의 추억

김기림

箱은 필시 죽음에 진 것은 아니리라. 箱은 제 육체의 마지막 조각까지도 손수 길러서 없애고 사라진 것이리라. 箱은 오늘의 환경과 종족과 무지 속에 두기에는 너무나 아까운 천재였다. 箱은 한 번도 잉크로 시를 쓴 일이 없다. 箱의 시에는 언제나 箱의 피가 임리(淋漓, 흠뻑 젖어 흘러 떨어지거나 흥건함)하다. 그는 스스로 제 혈관을 짜서 '시대의 혈서'를 쓴 것이다. 그는 현대라는 커다란 파선(破船, 부서진 배)에서 떨어져 표랑하던 너무나 처참한 선체(船體, 배의 몸체) 조각이었다.

다방 N 등의자에 기대앉아 흐릿한 담배 연기 저편에 반나마 취해서 몽롱한 箱의 얼굴에서 나는 언제고 '현대의 비극'을 느끼고 소름이 끼쳤다. 약간의 해학과 야유와 독설이 섞여서 더듬더듬 떨어져 나오는 그의 잡담 속에는 오늘의 문명의 깨어진 메커니즘이 엉켜 있었다. 파리에서 문화

옹호를 위한 작가대회가 있었을 때 내가 만난 작가나 시인 가운데 가장 흥분한 것도 箱이었다.

箱이 우는 것을 나는 본 일이 없다. 그는 세속에 반항하는 한 악(惡)한 정령(精靈, 영혼)이었다. 악마더러 울 줄을 모른다고 비웃지 마라. 그는 울다 울다 못 해서 인제는 누선(淚腺, 눈물 샘)이 말라버려서 더 울지 못하는 것이다. 箱이 소속된 20세기 악마의 종족들은 그러므로 번영하는 위선의 문명을 향해서 메마른 찬웃음을 토할 뿐이다.

흐리고 어지럽고 게으른 시단(詩壇)의 낡은 풍류에 극도의 증오를 품고 파괴와 부정에서 시작한 그의 시는 드디어 시대의 깊은 상처에 부딪혀서 참담한 신음소리를 토했다. 그도 또한 세기의 암야(暗夜, 어두운 밤) 속에서 불타다가 꺼지고 만 한줄기 첨예한 양심이었다. 그는 그러한 불안, 동요 속에서 '동(動)하는 정신'을 재건하려고 해서 새 출발을 계획한 것이다. 이 방대한 설계의 어귀에서 그는 그만 불행히 자빠졌다. 箱의 죽음은 한 개인의 생리의 비극이 아니다. 축쇄(縮刷, 책이나 그림의 원형을 그 크기만 줄여서 인쇄함)된 한 시대의 비극이다.

시단과 또 내 우정의 열석(列席, 자리에 죽 벌여서 앉음) 가운데 채워질 수 없는 영구한 공석을 하나 만들어 놓고 箱은 사라졌다. 箱을 잃고 나는 오늘 시단이 갑자기 반세기 뒤로 물러선 것을 느낀다. 내 공허를 표현하기에는 슬픔을 그린 자전 속의 모든 형용사가 모두 다 오히려 사치스럽다. '故 李箱' — 내 희망과 기대 위에 부정의 낙인(烙印)을 사정없이 찍어놓은, 억울한 세(三) 상형문자야.

반년 만에 箱을 만난 지난 3월 스무날 밤, 동경 거리는 봄비에 젖어 있었다. 그리로 왔다는 箱의 편지를 받고 나는 지난겨울부터 몇 번인가 만나기를 기약했으나 종내(終乃, 이전부터 최근까지) 센다이(仙臺, 일본의 도시 이름. 당시 김기림이 다니던 동북제대가 있던 곳)를 떠나지 못하다가 이날에야 동경으로 왔던 것이다.

箱의 숙소는 구단(九段, 일본 동경의 지명) 아래 꼬부라진 뒷골목 2층 골방이었다. 이 '날개' 돋친 시인과 더불어 동경 거리를 만보(漫步, 한가롭게 슬슬 걷는 걸음)하면 얼마나 유쾌하랴 하고 그리던 온갖 꿈과는 딴판으로 상은 '날개'가 아주 부러져서 기거(起居, 앉아 있다가 손님을 영접하려고 일어섬)도 바로 못하고 이불을 뒤집어쓰고 앉아 있었다. 전등불에 가로 비친 그의 얼굴은 상아(象牙, 코끼리 엄니의 빛깔과 같이 하얀빛을 띤 노란빛)보다도 더 창백하고, 검은 수염이 코 밑과 턱에 참혹하게 무성했다. 그를 바라보는 내 얼굴의 어두운 표정이 가뜩이나 병들어 약해진 벗의 마음을 상하게 할까 봐, 나는 애써 명랑해하면서,

"여보, 당신 얼굴이 아주 피디아스의 '제우스' 신상(神像) 같구려." 하고 웃었더니, 箱도 예의 정열 빠진 웃음을 껄껄 웃었다. 사실 나는 그때 듀비에의 '골고다의 예수' 얼굴을 연상했다. 오늘 와서 생각하면 箱은 실로 현대라는 커다란 모함에 빠져서 십자가를 걸머지고 간 골고다의 시인이었다.

암만(아무리) 누우라고 해도 듣지 않고 箱은 장장 두 시간이나 앉은 채 거의 혼자서 그동안 쌓인 이야기를 풀어 놓았다. 엘먼(우크라이나 출신의 미국

바이올리니스트)을 찬탄하고, 정돈(停頓, 침체하여 더는 나가지 못함)에 빠진 몇몇 벗의 문운(文運, 문인으로서의 운)을 걱정하다가, 말이 그의 작품에 대한 월평(月評, 신문·잡지 따위에서 다달이 하는 비평)에 미치자 그는 몹시 흥분해서 속견(俗見, 세속적이거나 통속적인 생각)을 꾸짖는다. 재서(평론가 최재서)의 모더니티(Modernit, 예술 사조로서의 모더니즘에 드러나는 근대적인 특징이나 성향)를 찬양하고, 또 그의 〈날개〉평은 대체로 승인하나 작자로서 다소 이의가 있다고도 말했다. 나는 벗이 세평에 대해서 너무 신경 과민한 것이 벗의 건강을 더욱 해칠까 봐, 시인이면서 왜 혼자 짓는 것을 그렇게 두려워하느냐. 세상이야 알아주든 말든 값있는 일만 정성껏 하다가 가면 그만이 아니냐며 어색하게나마 위로해 보았다.

箱의 말을 들으면 공교롭게도 책상 위에 몇 권의 상스러운 책자가 있었고, 본명 김해경(金海卿) 외에 이상(李箱)이라는 별난 이름이 있고, 그리고 일기 속에 몇 줄 온건하달 수 없는 글귀를 적었다는 일로 인해 그는 한 달 동안이나 ○○○에 들어갔다가 아주 건강을 상해서 일주일 전에야 겨우 자동차에 실려서 숙소로 돌아왔다는 것이다. 箱은 그 안에서 다른 ○○ 주의자들과 마찬가지로 수기를 썼는데, 예의 명문에 계원도 찬탄하더라고 하면서 웃었다. 니시간다(西神田) 경찰서원 속에 조차 애독자를 가졌다고 하는 것은 시인으로서 얼마나 통쾌한 일이냐고 나도 같이 웃었다.

음식은 그 부근에 계신 허남용 씨 내외가 죽을 쑤어다 준다고 하고, 마침 소운(素雲, 수필가 김소운으로 추정)이 동경에 와 있어서 날마다 찾아주고, 주영섭, 한천 등 여러 친구가 가끔 들러주어서 과히 적막하지는 않다고 한다. 이튿날 낮에 다시 찾아가서야 나는 그 방이 완전히 햇빛이 들지 않는 방인 것을 알았다.

지난해 7월 그믐께다. 아침에 황금정(黃金町, 지금의 서울 을지로) 뒷골목 箱의 신혼 보금자리를 찾았을 때도 방은 역시 햇빛 한줄기 들지 않는 캄캄한 방이었다. 그날 오후 《조선일보》사 3층 뒷방에서 벗이 애를 써 장정을 해준 졸저(拙著) 《기상도(氣象圖, 김기림의 첫 시집)》의 발송을 마치고 둘이서 창에 기대서서 갑자기 거리에 몰려오는 소낙비를 바라보는데, 창전에 뱉는 箱의 침에 빨간 피가 섞였었다. 평소부터도 箱은 건강이라는 속된 관념은 완전히 초월한 듯이 보였다. 箱의 앞에 설 때마다 나는 아침이면 정말체조(丁抹體操, 덴마크 체조)를 잊어버리지 못하는 나 자신이 늘 부끄러웠다. 무릇 현대적인 퇴폐에 대한 진실한 체험이 없는 나는 이 점에 대해서는 늘 箱에게 경의를 표했다. 그러면서도 그를 아끼는 까닭에 건강이라는 것을 너무 천대하는 벗이 한없이 원망스러웠다.

箱은 스스로 형용해서 천재일우의 기회라고 하면서 모처럼 동경서 만나고도 병으로 인해서 뜻대로 함께 놀러 다니지 못하는 것을 한탄한다. 미진(未盡)한 계획은 4월 20일께 동경에서 다시 만나는 대로 미루고 그때까지는 꼭 맥주를 마실 정도로라도 건강을 회복하겠노라고, 그리고 햇볕이 드는 옆방으로 이사하겠노라고 하는 箱의 뼈뿐인 손을 놓고 나는 동경을 떠나면서 말할 수 없이 마음이 캄캄했다.

箱의 부탁을 부인께 아뢰려 했더니, 내가 서울 오기 전날 밤에 벌써 부인께서 동경으로 떠나셨다는 말을 서울 온 이튿날 전차 안에서 조용만(구인회 회원. 소설가) 씨를 만나서 들었다. 그래, 일시 안심하고 집에 돌아와서 잡무(雜務)에 분주하느라고 다시 벗의 병상을 보지도 못하는 사이에 원망스러운 비보가 달려들었다.

"그럼, 다녀오오. 내 죽지는 않소."

하고, 箱이 마지막 들려준 말이 기억 속에 너무 선명하게 솟아올라서 아프다.

이제 우리 몇몇 남은 벗들이 箱에게 바칠 의무는 箱의 피가 엉킨 유고(遺稿. 죽은 사람이 생전에 써서 남긴 원고)를 모아서 箱이 그처럼 친하고자 하던 새시대에 선물하는 일이다. 허무 속에서 감을 줄 모르고 뜨고 있을 두 안공(眼孔. 눈구멍)과 영구히 잠들지 못할 箱의 괴로운 정신을 위해서 암담하나마 그윽한 침실로서 그의 유고집을 만들어 올리는 일이다.

나는 믿는다. 비록 箱은 갔지만, 그가 남긴 예술은 오늘도 내일도 새 시대와 더불어 동행하리라고.

—1937년 6월 《조광》 3권 6호

이상의 편모

박태원

    내가 李箱을 안 것은 그가 아직 다료(茶寮, 다방) 〈제비〉를 경영하고 있었을 때다. 나는 누구한테서인가 그가 고공 건축과(지금의 서울대 건축학과) 출신이란 말을 들었다. 나는 상식적인 의자나 탁자에 비해 그 높이가 절반밖에는 안 되는 기형적인 의자에 앉아 가게 안을 둘러보는 그를 '괴팍한 사나이'다 라고 생각하였다.

    〈제비〉 해멀 쪽 한 벽에는 십 호 인물형의 초상화가 걸려있었다. 나는 누구에겐가 그것이 그 집주인의 자화상임을 듣고 다시 한 번 쳐다보았다. 황색계통의 색채는 지나치게 남용되어 전 화면이 오직 누—런 것이 몹시 음울하였다. 나는 그를 '얼치기 화가로군'하였다.

    다음에 또 누구한테서인가 그가 시인이란 말을 들었다.

    "그러나 무슨 소린지 한마디 알 수 없지……"

나는 그 무슨 소린지 알 수 없는 시가 보고 싶었다. 이상은 방으로 들어가 건축잡지를 두어 권 들고 나와 몇 수의 시를 내게 보여주었다. 나는 '쉬르레알리슴(Surrealism, 초현실주의)'에 흥미를 갖고 있지는 않았으나, 그의 '운동' 1편은 그 자리에서 구미가 당겼다.

지금 그 첫 두 머리 한 토막이 기억에 남아있을 뿐이다. 그것은

　　1층 우에 2층 우에 3층 우에 옥상정원에를 올라가서
　　남쪽을 보아도 아무것도 없고 북쪽을 보아도 아무것도 없기에 다시 옥
　　상정원 아래 3층 아래 2층 아래 1층으로 내려와……

로 시작되는 시였다.

나는 그와 몇 번을 거듭 만나는 사이 차차 그의 재주와 교양에 경의를 표하게 되고, 그의 독특한 화술과 표정과 제스처는 내게 적지 않은 기쁨을 주었다.

어느 날 나는 이상과 당시 《조선중앙일보》에 있던 상허(소설가 이태준)와 더불어 자리를 함께하여 그의 시를 《중앙일보》지상(紙上)에 발표할 것을 의논하였다.

일반 신문 독자가 그 난해한 시를 능히 용납할 것인지 그것은 처음부터 우려할 문제였으나, 우리는 이미 그 전에 그러한 예술을 가졌어야만 옳았을 것이다.

그의 〈오감도〉는 나의 〈소설가 구보씨의 일일〉과 거의 동시에 《중앙

일보》지상에 발표되었다. 나의 소설의 삽화도 '하융(河戎)'이란 이름 아래 이상의 붓으로 그려졌다. 그러나 예기(豫期, 앞으로 닥쳐올 일에 대하여 미리 생각하고 기다림)하였던 바와 같이 〈오감도〉의 평판은 좋지 못하였다. 나의 소설도 일반대중에게는 난해하다는 비판을 받았지만, 그의 시에 대한 세평은 결코 그러한 정도의 것이 아니었다. 신문사에는 매일같이 투서가 들어왔다. 그들은 〈오감도〉를 정신이상자의 잠꼬대라 하고 그것을 게재하는 신문사를 욕하였다. 그러나 일반 독자뿐이 아니다. 비난은 오히려 사내에서도 커서 그것을 물리치고 감연(敢然, 과단성 있고 용감함)히 나가려는 상허의 태도가 내게는 퍽 민망스러웠다. 원래 약 1개월을 두고 연재할 예정이었으나 그러한 까닭으로 이상은 나와 상의한 뒤 오직 십 수 편을 발표하였을 뿐으로 단념하지 않으면 안 되었다. 그러나 당시 이상이 느낀 울분(鬱憤, 답답하고 분함)은 제법 큰 것이어서 미발표대로 남아 있는 '오감도 작자의 말'이라는 것은 다음과 같다.

"왜 미쳤다고들 그러는지. 대체 우리는 남보다 수십 년씩 뒤떨어져도 마음 놓고 지낼 작정이냐. 모르는 것은, 내 재주도 모자라겠지만 게을러 빠지게 놀고만 지내던 일도 좀 뉘우쳐 봐야 하는 거 아니냐. 여남은 개쯤 써보고서 시 만들 줄 안다고 잔뜩 믿고 굴러다니는 패들과는 물건이 다르다. 2천 점에서 30점을 고르는데 땀을 흘렸다. 31년, 32년 일에서 용대가리를 떡 꺼내어놓고 하도 야단해서 뱀 꼬랑지는커녕 쥐 꼬랑지도 못 달고 그만두니 서운하다. 깜박 신문이라는 답답한 조건을 잊어버린 것도 실수지만 이태준, 박태원 두 형이 끔찍이도 편을 들어준 데는 절한다.

첨(籤)―이것은 내 새 길의 암시요, 앞으로 제 아무에게도 굴하지 않겠지만 호령하여도 에코―가 없는 무인지경은 딱하다. 다시는 이런 ― 물론 다시는 무슨 다른 방도가 있을 것이고, 우선 그만둔다. 한동안 조용하게 공부나 하고 딴은 정신병이나 고치겠다."

그러나 〈오감도〉를 발표하였던 것은 그로서 아주 실패는 아니었다. 그는 일반대중의 비난을 받았지만 그것으로 인해, 물론 소수이기는 해도 자기 예술의 열렬한 팬을 이때 이미 확실히 획득하였다고 할 수 있다.

그 뒤로도 그는 또 수 편의 시와 산문을 발표하였으나 평판은 역시 좋지 못하였다.

문단적으로 그가 일개 작가로 대우를 받게 된 것은 작년 9월호 《조광》에 실렸던 〈날개〉에서부터가 아닌가 한다. 최재서 씨가 그에 대하여 이미 호의 있는 세평(細評, 자세한 비평)을 시험하였으므로 이곳에서 다시 말하지 않겠지만, 〈날개〉 1편은 이렇든 저렇든 우리 문단에 있어 문제의 작품으로 모든 점에 있어 미완성임에도 불구하고, 우리가 우리의 문학을 논의할 때 반드시 들어 말하지 않으면 안 될 소설이다. 그러나 그는 그 독특한 경지를 개척하여 놓았을 뿐으로 그만 요절하고 말았다. 영원한 미완성품인 채 그는 지하로 돌아갔다.

이상이 동경으로 떠나기 전 정인택에게 했다는 말을 들어보면 그는 이제 다시는 〈오감도〉나 〈날개〉 같은 작품을 쓰는 일 없이 오로지 정통적인 시, 정통적인 소설을 제작하리라고 하였다지만, 만약 그것이 그의 정말 마음의 고백이라면 〈오감도〉나 〈날개〉 부류에 속할 작품만을 남겨 놓은 채 돌아간 그는 지하에서도 눈을 감지 못할 것이다. 그러나 그것은 어떻든 간에, 우리가 이상의 작품을 이해하려면 먼저 그의 위인(爲人, 사람의 됨됨이)과 생활을 알지 않으면 안 된다.

'괴팍한 사람이다'는 것은 그에 대한 나의 첫인상이거니와 물론 그렇게 단순한 것은 아니었어도 역시 '괴팍'하다는 형용(形容, 용모 또는 생김새)만은 절대 그르지 않은 듯싶다.

일찍이 《여성》지에서 내게 '문단기형 이상론'에 관해서 청탁해왔을 때, 물론 그 문자가 아무렇지도 않은 그에게는 그다지 유쾌하지 않았겠지만, 세상이 자기를 문단의 기형으로 대우하는 것에 스스로 크게 불만은 없었던 듯싶다. 그러나 그 이상론은 발표되지 않은 채 편집자가 갈리고 그러는 사이 원고조차 분실되어 나는 그때 어떠한 말을 하였던 것인지 적역(的歷, 또렷하고 분명함)하게 기억하지 못하고 있다. 그러나 하여튼 차점(茶店, 다방) 〈플라타―느〉에 앉아서 당자(當者, 당사자) 이상을 앞에 앉혀놓고 그것을 초(草, 기초로 함)하여 돈을 벌려면 마땅히 부지런하여야만 하는 것을, 이상은 너무나 게을러서,

"그래 언제든 가난하다."

는 구절에 이르러 둘이 소리를 높여 서로 웃던 것만은 지금도 눈앞에 또렷하다.

사실 이상의 빈궁은 너무나 유명하였다. 그리고 그것은 대부분 그의

도저히 구할 길 없는 게으름에서 기인하는 것이었다.

〈제비〉가 차차 경영 곤란에 빠졌을 때, 어느 날 그의 모교 상공에서 전화로 그를 부른 일이 있다. 당시 신축 중이던 신촌 이화여전 공사장에 현장감독으로 가볼 의향의 있고 없음을 물은 것이다.

"하루에 1원 50전이랍니다. 어디 담뱃값이나 벌러 나가 볼까 보오."

그리고 이튿날 도시락을 싸서 신촌으로 갔지만, 그다음 날은 다시 〈제비〉 뒷방에서 언제나 한가지로 늦잠을 잤다.

"거, 참 못하겠습디다. 벌이도 시원치 않지만, 나 같은 약질은 어디 그런 일 견디어 나겠습니까?"

그것은 사실이다. 그의 가난은 이렇게 그의 허약한 체질과 수년 째 이어져 온 절제 없는 생활이 가져온 건강 악화로 말미암아 오는 것이었다. 그러나 기실 그의 철저한 게으름을 들어 논하지 않으면 안 될 일이다. 집주인이 점방을 내어달라고 지방법원에 소송을 제기하였을 때도 오전 9시에 대어 일어나는 재주가 없어 가장 불리한 결석판결을 받고 말았으니 말이다.

현재 〈뽀스톤〉의 전신 〈69·씩스나인―〉을 오직 시작하였을 뿐으로 남에게 넘겨버리고 〈제비〉에 또한 실패한 이상은 그래도 단념하지 않고 명치정(明治町, 지금의 서울 명동)에다 〈무기〉라는 다방을 또 만들어 놓았다. 그곳의 실내장식에는 〈제비〉의 것보다도 좀 더 이상의 '괴팍한 취미' 내지 '악취미'가 나타나 있었다. 결코, 다른 다점에는 통용되지 않는 괴이한 형상의 다탁(茶卓, 차를 마실 때 사용하는 탁자)이며, 사면 벽에 그림이나 사진을 걸어놓는 대신 '루나—르(Renard, 쥘 르나르, 프랑스의 시인이자 소설가)'의《전원수첩》에서 몇 편을 골라 붙여놓는 등 일반 선량한 끽다점(喫茶店, 차나 음료를 파는 가게) 순방인의 기호에는 절대 맞지 않는 것이었다.

'악취미'로 말하자면〈69〉와 같은 온건치 않은 문구를 공연하게 다점의 옥호(屋號, 가게 이름)로 사용한 이상(以上)의 것은 없을 것으로, 그 주석을 나는 이 자리에서 말하지 않거니와 모르는 사람이 고개를 기웃거리며,

"69? 육구? 육구라…… 하하, 육.구.리. 놀다 가란 말인 게로군."

이라고 라도 하면, 그는 경우에 따라 냉소도 하고 홍소(哄笑, 입을 크게 벌려 소리 높여 웃음)도 하였다. 그렇기로 말하면 그에게는 변태적인 곳이 적지 아니 있었다. 그것은 그의 취미에 있어서나 성행(性行, 행실)에 있어서만이 아니라 그의 인생관, 도덕관, 결혼관, 그러한 것에 있어서도 우리는 보통 상식인과의 사이에 적지 않은 현격(懸隔, 차이가 매우 심함)을 깨닫지 않으면 안 된다. 그러나 그의 사상을 명백하게 안다고 나설 사람은 그의 많은 지우(知友, 친구) 중에도 혹은 누구 하나라도 없을 것이다. 그의 참마음을 그대로 그의 표정이나 언동(言動, 말과 행동) 위에서 우리는 포착하기가 힘들다.

이상은 사람과 때와 경우에 따라 마치 카멜레온과 같이 변한다. 그것은 천성보다도 환경에 의한 것이다. 그의 교우권(交友圈, 교제 범위)이라 할 것은 제법 넓은 것이어서, 물론 그 친소(親疎, 친밀함과 소원함)와 심천(深淺, 깊음과 얕음)의 정도는 다르지만, 한번 거리에 나설 때마다 거의 온갖 계급의 사람과 아는 체 하지 않으면 안 된다. 그래, 그는 '하울(夏鬱)'이라는 그러한 몽롱한 것 말고 희로애락과 같은 일체의 감정을 솔직하게 표현하지 않는

것에 어느 틈엔가 익숙하여졌다. 나는 이 앞에서 변태적이라는 문자를 사용하였거니와 그것은 이상에게 있어서는 그 문자가 흔히 갖는 그러한 단순한 것이 아니고 좀 더 그 성질이 불순한—?—것이었다. 가령, 그는 온건한 상식인 앞에서 기탄없이 그 독특한 화술로써 일반 선량한 시민으로서는 규지(窺知, 엿보아 앎)할 수 없는 세계의 비밀을 폭로한다. 그러나 그는 그것을 이야기하고 싶은 행동을 느껴서가 아니라 실로 그것을 처음 안 순사(純土)들이 다음에 반드시 얼굴을 붉히고 또 아연하여 할 그 꼴이 보고 싶어서인 듯싶다.

사실 이상은 한때 상당히 발전하였던 외입쟁이로 그러한 방면에 놀라운 지식을 가졌다. 그것은 그의 유고(遺稿, 죽은 사람이 생전에 남긴 원고) 중에도 한두 편 산견(散見, 여기저기 보임)되나 기생이라든가, 창부라든가, 그러한 인물을 취급하여 작품을 쓴다면 가히 외국 문단에서도 대적할 사람이 없을 것이다. 다만, 그러한 점만으로도 조선 문단이 이상을 잃은 것은 가히 애석하여 마땅한 일이나, 그는 그렇게 계집을 사랑하고, 술을 사랑하고, 벗을 사랑하고, 또 문학을 사랑하였으면서도, 그것의 절반도 제 몸을 사랑하지 않았다.

이상이 아직 서울에 있을 때 하룻저녁 지용(시인 정지용)이 그와 함께 한강으로 산책하러 나가, 문득 그의 건강을 염려한 나머지,

"여보, 상허를 본받으시오. 상허의 반만큼만 몸을 아끼시오."

라며 간곡히 충고하였다는 말을 나중에 들었거니와, 그와 가까운 벗은 모두 한두 번쯤은 그에게 그러한 종류의 말을 할 것을 잊지 않았었다. 이

상보다 20일 앞서 돌아간 김유정 역시 자기 자신 병고에 허덕이면서도 몇 번이나 이상의 불규칙하고 또 아울러 비위생적인 생활에 대하여 간절하게 일러준 바 있었다.

아직 동경에서 그의 미망인이 돌아오지 않았고, 또 자세한 유언도 별로 없어 그가 죽던 당시의 주위와 사정은 물론 그의 병명조차 적확하게는 모르고 있으나 역시 폐가 나빴던 모양으로 그 점은 김유정과 같다. 그러나 유정이 죽기 바로 수일 전까지도 기어코 병을 정복하고 다시 일어나려 끊임없는 노력을 아끼지 않던 것에 비겨 이상은 전에도 혹간(或間, 간혹) 절망과 같은 의사 표시가 있었고, 동경에 간 뒤에도 사망하기 수개월 전에 이미 〈종생기〉와 같은 작품을 써 보낸 것을 보면, 이상의 이번 죽음은 이름을 병사(病死)에 빌었을 뿐이지 그 본질에 있어서는 역시 일종의 자살이 아니었는지—그러한 의혹이 농후하여진다.

그러나 이제 와서 그런 것을 새삼스레 문제 삼아 무엇 하랴. 이상은 인제 영구히 돌아오지 않고, 이상이 없는 서울은 너무나 쓸쓸하다.

—1937년 6월 《조광》 3권 6호

* 편모(片貌) — 단편적인 모습. 즉, 전반에 걸치지 않고 한 부분에 국한된 모습

유정과 나

채만식

굳긴 유정을, 울면서 나는 그를 부러워한다.

내가 《개벽》사의 일을 보고 일을 때인데, 작품으로 먼저 유정을 알았고, 대하기는 그 뒤 안회남 군을 통해서 얼굴을 본 것이 처음이다. 그 날 안 군을 찾아가 한담을 하노라니까 생김새며 옷 입음새며 순박해 보이는 젊은 사람 하나가 안군한테 농지거리(점잖지 아니하게 함부로 하는 장난이나 농담을 낮잡아 이르는 말)를 하면서 떠들고 들어오더니, 내가 있는 것을 보고 시무룩하기는 해도 기색이 좋지 않은 게 어쩌면 텃세를 하는 눈치 같았다. 그가 유정이었었다. 그러나 실상인즉, 유정은 내 얼굴을 알고 있었다. 그런데 마침 술이 거나한 판에 허물없는 안군에게 터덜거리고 들어오다가, 초면인사도 미처 하지 못한 (명색이) 선배인 내가 있으니까, 제 딴에는 무렴(無廉, 염치가 없음)하기도 하고 해서 조심한다는 것이 신경 애브노

멀(abnormal, 비정상적인)한 내게 그런 인상을 주었던 것이다…고, 그 뒤 안군에게서 이야기를 들었다.

과연 그 뒤에 새잡이(어떤 일을 다시 새로 시작함)로 인사를 하고 한 번 만나 두 번 만나다 보니 세상에 법 없이도 살 사람이 유정임을 절절히 느꼈다. 공손하되 허식이 아니요, 다정하되 그냥 정(情)이요, 유정에게 어디 교만이 있으리오. 그는 진실로 톨스토이 ― 유정의 마지막 일작 〈따라지〉의 등장인물로 누이에게 얹혀살며 글을 쓰는 무기력한 존재― 였다.

나는 유정의 작품을 존경하지는 않아도 사랑은 했었다. ― 그것이 도리어 내게는 기쁜 일이었었다 ― 그러나 인간 유정은 더 사랑했다. 아니, 사랑하고 싶었지만 못했고, 못한 것은 내가 인간으로서 유정만큼 '성(誠, 진실함)'하지 못하기 때문이다.

나는 서울을 떠나서야 비로소 병든 유정을 찾았다. 나는 내가 무정했음을 뉘우치고 그에게 빌었다. 병 치료에 대해서 구체적으로 유리하고 비용도 절약되는 방법이 있기에 가르쳐주었더니, 그는 바로 회답을 해주었었다. 꼭 그렇게 해보겠노라고 그리고 기어코 병을 정복하겠노라고 약속해주었다. 하지만 유정은 아깝게 그리고 불쌍하게 굳기고 말았다. 될 수만 있다면 나 같은 명색 없는 작가 여남은(열이 조금 넘는 수) 갖다 주고 다시 물러오고 싶다.

―1936년《조광》5월호

박용철과 나

김영랑

용철이, 용철이! 다정한 이름이다.

스무 해를 두고 내 입에서 그만큼 불린 이름도 둘을 더 꼽아 셀 수 없을 것 같다. 스물 전후 처음으로 알게 되면서부터 그 이름을 부르기 시작해 나는 여태껏 가장 허물없고, 다정하고, 친근하고, 미더운 이름으로 용철이, 용철이를 불러온 것이다.

아! 그가 영영 가버리고 만 오늘, 나는 그대로 그 이름을 자꾸 불러봐, 오히려 더 친근하고 다정하여 혓바닥에 이상한 미각까지 생겨나는 것을 깨닫나니, 아마 내 평생을 두고도 그리 아니하지는 못하리로다.

용철이, 용철이! 서로 이역 하늘 밑에 서툰 옷을 입고 손을 잡아 아는 체하던 바로 그때부터 가장 가깝고 친한 사람이 되었었고, 한 솥의 밥을 먹고, 한 이불 속에 잠을 자고, 한 책을 둘이 펴던 시절이 무던히 길었나니. 실상 벗은 그때 아직 문학이니, 시를 생각하지도 않던 때로, 내 공연히 벗을 끌어들여서 글을 맞붙이게 하고, 글재주를 찾아내려 하였던 것이니, 지금 생각해보면 나는 일생에 큰 죄를 지은 듯싶다.

벗이 학원의 수재로 이름 높고, 특히 수리의 천재로 교사의 칭찬이 자자하던 때, 나는 작은 악마와도 같이 그를 꾀어내어서 들판으로, 산길로 끝없이 헤매었다. 친한 벗이 끌어당기면 하는 수도 없었던가. 강남도 간다지 않더냐? 언덕의 송아지는 어매를 팔아서 동무를 사달라고 한다지만, 내 벗 용철이가 수학(數學)을 팔아서 동무를 사놓고 보니 아무짝에도 몹쓸 놈이었던 것이다. "윤식(김영랑의 본명)이가 나를 오입을 시켰다."라는 말버릇을 최근까지 장난삼아 한 적이 있으니, 과연 그런 것이냐?

벗아, 문학은 벗의 제2의 인생으로 누려도 좋았던 것일까? 더구나 벗이 이리도 일찍 가버리니 긴 평생을 두고 걸어서 대성(大成)을 꿈꾸던 그때가 나의 한(恨) 중의 한이 아닐 수 없도다. 벗과 서로 시골 살이를 하여 백여 리 길을 사이에 두고 가고 오던 시절, 벗은 시를 비로소 썹어 맛보더니 불과 몇 날 만에 천여 명편(名篇, 썩 잘쓴 책이나 작품)을 툭툭 쏟아내지 않았던가! 벗의 문학은 그다음이라 치더라도, 벗의 시는 완전히 그 고향살이 3, 4년 새에 이룬 것이다. 일가를 이루어 세상에 나가기까지 벗의 유일한 글벗이었던 나는 벗의 시업(詩業) 수련의 도정(道程, 어떤 장소나 상태에 이르기까지의 과정)을 가장 잘 살필 수 있는 백여 통의 편지 뭉치를—연서(戀書, 연애편지)같이, 보배같이 아끼고 간직해 온 뭉치—벗이 살아 있을 때나 가버린 오늘도 가끔 풀어서 읽어 보아 아기자기한 기쁨을 맛보는 버릇이 있지만, 실로 한 시인이 커갈 때 그이만큼 부지런하고 애쓴 이도 있는가 하여 새삼스레 놀라는 것이다.

스스로 내놓은 명편 가작을 그는 매번 사양하고 부족하게 여기는가 하면, 남의 시 한 편을 붙들고 그렇게 샅샅이 고비(高批, 남의 비평을 높여 이르는 말) 고비 뒤집어 보고, 완전히 알고 맛보던 그 천재형의 머릿속에는 이 세상의 이른바 명시가 거의 다 한 번에 노래하고 춤추고 있었던 것이오. 그리하여 그의 시 수준은 속에서 크고 남이 알 바 아니었으니 일조일석(一朝一夕, 하루아침과 하룻저녁이란 뜻으로, 짧은 시일을 말함)에 웅편(雄篇, 뛰어나게 좋은 글이나 작품)이 쏟아져 나옴도 괴이하지 않은 노릇이로다.

오늘날 우리 시원(詩苑, 시단)의 명화요, 또 유일한 시론가(詩論家, 시를 전문으로 비평하는 사람)로서의 지위를 점하여 그만한 담당을 쾌히 해온 것도 결코 우연한 일이 아니요, 옛날의 수학을 아주 팔아 없앴음이 아님을 알 수 있으니, 내 속죄도 좀은 되었다 할까.

스무 살 전에 어느 자리에서 문학을 경멸해버린 일이 있었던 그대가 바로 얼마 전 10년을 더 살자, 시를 위해 10년을 더 살자 하지 않았던가. 음향에 귀가 어둡다고 못마땅해하던 벗이 넉넉히 시구의 음향적 연락을 한번 캐보고 다 알지 않았던가. 자신이 비정서적임을 한탄하면서 어쩌면 그리도 넉넉히 지용의 〈유리창〉을 샅샅이 캐고 해석할 수 있었는가.

아! 벗이 가신 뒤 또 그만한 일을 우리를 위해 해줄 이 어디 있단 말이냐. 오늘 우리의 시원(詩苑)은 한 시인의 죽음으로 두 가지 크나큰 손실을 입은바, 어찌 통탄하지 아니하랴.

혹은 모른다. 벗은 그 천재적인 머리가 오히려 그의 창작을 괴롭게 하지 않았는가? 그러나 우리는 벗의 〈떠나가는 배〉와 〈밤기차〉 두 편만 읽을 수 있더라도 그런 재앙은 애당초에 받지 않았음을 알 수 있다. 벗의 시 한 편이고, 이른바 단명적인 구(句)가 아닌 것이 없었지만 그리하여 오히려 시로써 얼마나 아름다웠던가! 이 두 편의 시는 시인 박용철을 말할 때뿐만 아니라 우리 서정시를 통틀어 말할 때도 반드시 논의되고, 최고의 찬사를 바쳐야 할 결작이라 할 것이다. 하지만 벗의 전기를 쓰는 바아니매, 이 두 편이 나오던 시절 시인이 겪은 고민이며 생리까지를 말하기에는 나로서는 첫째 눈물이 앞서 못할 일이니 그만두기로 한다.

벌써 10년 전 일이로다. 우리는 서울로 지용을 만나러 왔었다. 지용을 만나서 셋이서 일어서면 우리 서정시의 앞길도 찬란한 꽃을 피우게 되리라는 대망! 가상치 않았느뇨. 그때의 지용은 벗과 같이 살도 변변히 찌지 못하고 한 방에 앉아 있으면 그 마른 품으로 보든지 재주가 넘쳐 뵈는 점으로 보든지 과연 천하의 호적수로 여겨지던 때다. (그 뒤 지용은 뚱뚱해지고, 벗은 더 야위어만 갔다) 물론 지용과는 둘 다 초면이었다. 그 초면이 하루에 1년, 열흘에 10년의 의(誼, 서로 사귀어 친하여진 정)가 생겼던 것이다. 그 뒤 두 벗이 얼마나 우리 시를 위해 애썼는지는 다른 벗도 모두 다아는 바다.

나는 막역(莫逆, 허물없이 매우 친함) 용철을 생각할 때 그 천생 포류(蒲柳, 갯버들)의 질임을 이기고, 어쩌면 그렇게도 굳세게 시에 신념을 가질 수 있는지 부러워하며 진실한 시의 사도라고 여겨왔었다. 내 가끔 내가 쓴 시

206

에 실망하여 지치려 할 때 벗은 격려로 붙들어주고, 내 자유시의 이상(理想)으로 한 시는 한 시형을 가질 뿐이라는 엄연한 제약을 세우고, 안 쓰인 시, 형을 이루기 전의 시, 오직 꿈인 양 서리는 시를 꿈꾸고, 진정 시인은 시를 쓸 수 없어도 좋다며 떠들지 않았던가. 벗은 내 허망 된 소리에 열 번 지지를 표명하여 줬으니 그리함이 나를 건져주는 좋은 방법도 되었던 것인가.

아! 어려서 한솥밥, 한 글방 친구가 나이 먹어가며 가장 가까운 시우(詩友, 함께 시를 짓는 벗)가 되고 보니, 나는 이보다 더 행복할 수 없었다. 그러나 이제 나는 완전히 박행(薄幸, 운수가 좋지 않음)한 사람이로다.

아! 이 한이 크도다. 이 아침에 춘장(椿丈, 남의 아버지를 높여 부르는 말)을 뵈옵고 기 쓰고 침착하려던 것이 끝내 흐느껴서 울음이 터지고, 벗을 땅속 깊이 묻고 밤중에 산길을 거쳐서 내려오던 때 몹시 쏟아지는 눈물에 발을 헛디디던 일을 생각하면, 벗이 가신 지 겨우 한 철이 지난 오늘 이러니저러니 차분한 소리를 쓰고 있는 나 자신이 무척 우습고 지극히 천한 노릇같이 여겨진다. 일찍 처를 여의어 보고, 아들도 놓쳐 보고, 엄마도 마저 보내 본 나로서는 중한 사람의 죽음을 거의 다 겪어본 셈이지만, 내가 가장 힘으로 믿었던 벗의 죽음이라 아무리 운명이라 치더라도 너무 과한 노릇이 아닐 수 없다.

영결식이 끝난 뒤 지용과 단둘이 나중에 남았을 때의 호젓함이란 뭐라 표현할 수 없다. 남은 둘의 마음이야 누구나 알 법 하건만 "이번에는 거꾸로 가지 말고 내 먼저 갈 걸. 처음부터 거꾸로 라니. 이제 내 먼저 가지." 이런 문답을 한 일이 있다.

아무래도 좋은 말이다. 벗을 불러봤자, 대답 없는 세상 아니냐. 온갖 다 그릇된 세상 아니냐. 벗이 이제 시왕(詩王)이 아니니, 또 누가 '훈공(勳功, 나라나 군주를 위해 세운 공로)에 의해 벗을 원로(元老)로 봉하리오. 슬픈 노릇이다.' 아들을 가장 잘 이해하시는 어버이가 계시고 그 밑에 현부인이 계시도다.

벗아, 눈을 감아라. 세 아들은 삼태성(三太星, 북극성 옆에 있는 별 중 가장 밝은 세 개의 별)처럼 빛나고 있나니. 생전에 지용과 내가 그렇게 권하여도 끝까지 거절하던 그대의 작품집이 이제는 유고집으로 누구의 거절도 없이 우리의 손으로 만들어져 나오도다.

그대, 그 몸을 해서 무던히 많이도 써 놓았던 것을 누가 알았으랴. 가장 가까운 부인도 놀라지 않느냐. 캘린더 종잇조각에 끼적여 둔 것을 주워 모아도 일품이요, 휴지통에서 건져 낸 것도 명편이로다. 태서명시(泰西名詩, 서양의 명시)의 역출(譯出, 번역하여 냄)한 분량을 보고 누가 안 놀랄 것이냐. 아무튼, 그대는 너무도 몸을 학대 혹사하여 아낄 줄 몰랐느니라. 너무도 일밖에 몰랐느니라.

아! 그대의 가심을 서러워하고 통곡하고 말 것인가. 나는 그대 가심을 원망하지 않을 수 없다.

—1939년 12월 〈조광〉 5권 13호

효석과 나

김남천

1941년 정월, 나는 고향에서 가까운 어느 시골 온천에서 효석(소설가 이효석)의 편지를 받았다. 몸이 불편해서 주을(朱乙, 함경북도 경성에 있는 온천으로 유명한 도시. 이효석이 즐겨 찾던 곳으로도 유명하다)에서 정양(靜養, 몸과 마음을 안정하여 휴양함)하던 중 부인이 갑자기 편치 않다는 기별을 받고 평양으로 돌아왔는데, 병명이 복막염이라 구하기 힘들 것 같다는 총망(悤忙, 매우 급하고 바쁨) 중에 쓴 편지였다.

그 뒤 부인의 병간호를 하면서 쓴 간단한 엽서를 한 장 더 받고는 이내 부고(訃告, 사람의 죽음을 알림. 또는 그런 글)였다. 그 엽서에는, 내가 부인의 병환도 병환이려니와 효석의 건강이 염려된다고 쓴 데 대해서, 부인의 병은 거의 절망 상태여서 기적이 나타나기를 기다린다는 것과 자기의 건강은 충분히 회복되었다는 것 등이 적혀 있었다.

부고는 시골집에서 받아서 자동차 편으로 온천에 있는 나에게 회송된 것으로 발인(發靷) 날짜가 얼마간 지난 뒤였다.

몹시 추운 날이었던 것 같다. 부인은 수년 전에 잠깐 한 번밖에 본 적이 없어서 뚜렷한 인상은 없고, 그저 퍽 건강하였던 것만 같은 생각이 든다. 그런 관계로 부고를 받아들고도, 나는 내가 아내를 잃은 곳 역시 평양이요, 이렇게 추운 엄동이었던 것을 생각하며, 부인을 잃고 아이들을 지키고 앉았을 효석의 모양만을 자꾸 구슬프게 눈앞에 그리었었다.

부고 뒤에 조위(弔慰, 죽은 사람을 조문하고 유가족을 위로하는 일)에 대한 사의(謝意, 감사하게 여김)의 뜻을 담은 인쇄물이 오고 그것과 전후해서 그의 엽서를 역시 눈 속에 파묻힌 온천 여관에서 받았다.

진척되지 않는 원고 뭉텅이를 안은 채 2월 한 달을 더 그곳에서 울울(鬱鬱, 마음이 매우 답답함)하게 보내다가 3월 초에 고향을 떠나서 서울로 돌아오는 길에 평양에 들렀다.

3월 초사흘(이날이 효석을 마지막으로 본 날이 되고 말았다) 마침 중학(中學)을 졸업하는 내 아우의 졸업식 날이어서 일찌감치 아침을 먹은 후 거세게 부는 바람을 뚫고 만수대에 있는 효석의 집을 찾았다.

통행인도 드물고 언덕에 바람이 있어서 몹시 쓸쓸하게 느껴졌다. 쪽대문 밖에서 잠시 엉거주춤하게 섰노라니, 갑자기 대문이 열리고 배낭을 멘 효석의 딸(아마 부고에 적힌 장녀 나미가 이 아이가 아니었는지)이 총총한 걸음으로 뛰어나왔다. 학교에 가는 모양이었다. 나는 멈칫 물러서서, 아버지 일어나셨냐고 물으려다가 정작 아무 말도 건네지 못한 채 그가 언덕 밑으로 사라지는 뒷모양을 물끄러미 바라다보았다. 그리고 아이의 고독한 운명 같은 것을 잠시 생각하였다.

잠시 후 현관으로 나온 효석의 잠바 소매 끝으로 희게 내밀은 여위고 가느다란 손목을 나는 아무 말도 하지 않고 쥐었다. 그는 가냘프게 미소를 지으며, 난로에 불을 피우지 않아서 냉랭한 서재로 나를 안내하였다. 주부가 없어서 이렇게 차고 쓸쓸한 것만 같아서 공연히 마음이 아팠다.

우리는 탁자를 가운데 두고 마주 앉아서 덤덤하였다가, 아이들 이야기를 하였다. 그는 나의 경험 같은 것을 물었다. 그리고 현민(소설가 유진오의 호)에게서도(효석은 현민을 그저 '유'하고 부르기를 즐겼다) 아이를 위해서라도 쉬이 결혼하지 말라는 편지가 왔는데, 자신 역시 동감이라고 말하였다. 나는 재혼을 하지 않는 것도 아이를 위한 하나의 길일지 모르나 아이들을 위해 결혼하는 사람도 세상에는 많은 것을 이야기하였다. 그러나 재혼에 대한 생각이 아내를 잃은 직후와 얼마간 시일이 지난 뒤가 퍽 다르다는 것은 말하지 않았다. 속으로 가만히 효석처럼 현란(絢爛, 눈이 부시도록 찬란함)하고, 화려한 미적 생활을 즐기는 사람이 혼자서 윤택 없고 주부 없는 생활을 계속하려면 상당한 노력이 필요할 것이라고. 막연히 그런 생각을 하였다.

건강을 물었더니, 일을 치르고 나서 긴장한 탓인지 되레 몸이 가벼워졌다고 미소하였다. 장례 때 사람들의 따뜻한 후의를 사무치게 느꼈다는 것도 말하였다. 끝의 아이는 그때 시골로 보냈다고 들은 법한데—내 기억이 잘못된 것인지도 모르겠다. 두루 그런 것들을 이야기하고는 낡은 질서가 거의 무너져 버리려는 문단의 동정에 대해서 서로 얻어들은 소식을 나누고, 바른 문학의 융성에 힘쓰자고 손을 잡아 흔들고 그의 집을 나왔다.

그 후 나는 개인적인 사정으로 인해 문단을 잠시 떠나게 되었다. 당연히 효석과의 약속도 어길 수밖에 없었고, 문통(文通, 편지 왕래) 역시 거의 끊어지고 말았다. 효석이 가끔 쓰는 논문을 보면 그는 근래에 드물게 분투하였던 것 같다. 또 수필이나 소설을 보면 그의 생활이 다시금 윤택을 가진 것 같은 인상을 받았는데, 전혀 뜻밖인 뇌막염으로 서른여섯의 청청한 목숨을 앗기었다는 것은 절통하기 비길 데 없는 소식이다.

거리에서 소식을 듣고, 놀라서 집으로 오니, 꺼먼 테두리의 부고가 와 있었다. 나는 그것을 들고 어머니를 잃고 또 일 년 만에 아버지를 잃은 제 아이를 오랫동안 생각하였다. 효석의 명복을 빌고 아이들의 다행(多幸, 일이 잘되어 운이 좋음)을 빌었다.

—1942년 6월 《춘추》

김동인

간결하고 현대적 문체로 문장 혁신에 공헌한 소설가. 최초의 문학동인지 《창조》를 발간하였다. 사실주의적 수법을 사용하였고, 예술지상주의를 표방하며 순수문학 운동을 벌였다. 주요 작품으로 〈배따라기〉, 〈감자〉, 〈광염 소나타〉 등이 있다.

나도향

《백조》 동인으로 참여한 것이 계기가 되어 문단에 진출하였다. 초기에는 〈젊은이의 시절〉, 〈별을 안거든 울지나 말걸〉 등 애상적이고 감상적인 작품을 발표했지만 이후 〈물레방아〉, 〈뽕〉, 〈벙어리 삼룡이〉 등 객관적이고 사실주의적 경향을 보였다. 작가로서 완숙의 경지에 접어들려 할 때 요절하였다.

채만식

민족이 처한 현실을 풍자적이고 해학적으로 표현해 풍자소설의 대가로 불린다. 계급적 관념의 현실 인식 감각과 전래의 구전문학 형식을 오늘에 되살리는 특유의 진술 형식을 창조했다. 주요 작품으로 단편 〈레디메이드 인생〉과 〈태평천하〉를 비롯해 장편 〈탁류〉 등이 있다.

김남천

카프 해소파의 주도적 역할을 하였고 사회주의 리얼리즘 논쟁에 대해서 러시아의 현실과는 다른 한국의 특수상황에 대한 고찰을 피해 모럴론·고발문학론·관찰문학론 및 발자크 문학연구에까지 이르는 일련의 '리얼리즘론'을 전개하였다. 대표작으로 장편 〈대하〉, 중편 〈맥〉 등이 있다.

최서해

신경향파의 대표적 소설가. 몇 명의 엘리트의 눈으로 바라본 일부의 삶이 아닌 실제 체험을 통한 대다수 극빈층의 생활상을 날카롭게 표현해 그들의 울분과 서러움을 적나라하게 드러내고 있다. 이에 그의 문학을 '체험문학', '빈궁문학'이라고 일컫는다. 주요 작품으로 〈탈출기〉, 〈홍염〉 등이 있다.

계용묵

단편 〈상환〉을 《조선문단》에 발표하면서 문단에 등장했다. 〈최서방〉, 〈인두지주〉 등 현실적이고 경향적인 작품을 발표했으나 이후 약 10여 년 간 절필하였다. 《조선문단》에 인간의 애욕과 물욕을 그린 〈백치 아다다〉를 발표하면서부터 순수문학을 지향하는 일관된 작품 경향을 유지했다.

이효석

근대 한국 순수문학을 대표하는 소설가. 1928년 《조선지광》에 단편 〈도시와 유령〉을 발표하면서 등단하였다. 한국 단편문학의 전형적인 수작이라고 할 수 있는 〈메밀꽃 필 무렵〉을 썼다. 장편 〈화분〉 등을 통해 성(性) 본능과 개방을 추구한 새로운 작품 및 서구적인 분위기를 풍기는 작품으로 주목받았다.

현진건

김동인, 염상섭과 함께 사실주의적 단편소설의 모형을 확립한 작가로, 사실주의 문학의 개척자로 평가받고 있다. 특히 아이러니한 수법에 의해 현실을 고발하고 역사소설을 통해 민족혼을 표현하고자 했다. 〈빈처〉로 인정받기 시작했으며 〈백조〉, 〈타락자〉, 〈운수 좋은 날〉, 〈불〉 등을 발표하였다.

노천명

이화여전 재학 중 시 〈밤의 찬미〉, 〈포구의 밤〉 등을 발표하였고, 그 후 〈눈 오는 밤〉, 〈사슴처럼〉, 〈망향〉 등 주로 애틋한 향수를 노래한 시를 발표하였다. 널리 애송된 대표작 〈사슴〉으로 인해 '사슴의 시인'으로 불린다. 주요 작품으로 시집 《산호림》과 《별을 쳐다보며》, 수필집 《산딸기》 등이 있다.

강경애

1931년 잡지 《혜성》에 장편 《어머니와 딸》을 발표하면서 등단하였다. 특히 1934년 《동아일보》에 연재한 《인간문제》는 노동자의 삶을 예리하게 파헤쳐 근대소설사에서 빼놓을 수 없는 작품으로 평가받고 있다. 주요 작품으로 단편 〈지하촌〉, 〈채전〉 및 장편 《소금》, 《인간문제》 등이 있다.

백신애

1928년 단편 〈나의 어머니〉가 《조선일보》 신춘문예에 당선되면서 문단에 데뷔하였다. 주로 밑바닥 인생의 생활상을 사실주의 수법으로 다루었는데, 1934년 《개벽》에 발표한 〈적빈〉 등이 문단의 주목을 받았다. 주요 작품으로 〈낙오〉, 〈정현수〉 등이 있다.

노자영

《백조》 창간 동인으로서 작품활동을 시작하였고, 잡지 《신인문학》을 창간해 후진 양성에도 힘썼다. 특히 시와 수필에 있어서 소녀적인 센티멘털리즘으로 일관하여 자신의 시에 '수필시'라는 특이한 명칭을 붙이기도 하였다. 주요 작품으로 시집 《처녀의 화환》을 비롯해 서간집 《나의 화환》 등이 있다.

이 상

현대 문학을 논할 때 결코 빼놓을 수 없는 시인이자, 소설가, 수필가, 모더니즘 운동의 기수. 건축가로 일하면서 수많은 작품을 발표하였으며, 전위적이고 해체적인 글쓰기로 한국 모더니즘 문학사를 개척하였다. 주요 작품으로 소설 〈날개〉를 비롯해 시 〈거울〉, 〈오감도〉 등 수많은 작품이 있다.

김기림

한국 모더니즘을 대표하는 시인이자 평론가. 주지주의 문학을 국내에 소개하는 데 앞장섰다. 특히 이상, 백석, 정지용 등은 그의 평론으로 인해 이름을 널리 알리게 되었으며, 그중 이상과는 사이가 각별했던 것으로 알려져 있다. 주요 작품으로 시집 《기상도》와 《태양의 풍속》, 평론집 《문학개론》 등이 있다.

김유정

1935년 소설 〈소낙비〉가 《조선일보》 신춘문예에, 〈노다지〉가 《중외일보》에 각각 당선되며 문단에 데뷔하였다. 일제 강점기의 혹독한 현실 속에서 해학을 통해 어둡고 삭막한 농촌 현실과 농민들의 곤궁한 삶을 담은 작품을 다수 남겼다. 〈봄봄〉, 〈금 따는 콩밭〉, 〈동백꽃〉 30편에 가까운 작품을 발표했다.

이광수

한국 근대 정신사 전개과정에서 중요한 역할을 했으며, 최초의 근대 장편소설 《무정》을 썼다. 1919년 '2·8 독립선언서'를 기초하고 상하이로 탈출, 임시정부 기관지인 《독립신문》의 주간으로 활동했지만, 친일 행위로 인해 그 빛이 바래고 말았다. 주요 작품으로 〈흙〉, 〈유정〉, 〈단종애사〉 등이 있다.

박태원

1930년대의 대표적인 모더니스트 작가. 1930년 《신생》에 단편 〈수염〉을 발표하면서 등단하였다. 처음에는 자신의 체험에 토대를 둔 신변소설을 위주로 창작했지만, 1933년 구인회 가담 후 반계몽, 반계급주의 문학의 중심에 섰다. 주요 작품으로 《소설가 구보씨의 일일》과 《천변풍경》 등이 있다.

김영랑

〈모란이 피기까지는〉의 시인. 잘 다듬어진 언어로 섬세하고 영롱한 서정을 노래하며 정지용의 감각적인 기교, 김기림의 주지주의적 경향과는 달리 순수서정시의 새로운 경지를 개척하였다. 1935년 첫 번째 시집 《영랑시집》을 발표하였다.

작가로 산다는 것

초판 1쇄 인쇄 2017년 6월 23일
초판 1쇄 발행 2017년 6월 30일

지은이 이상, 김동인 외
발행인 임채성
디자인 산타클로스

펴낸곳 도서출판 루이앤휴잇
주　소 서울시 양천구 목동 923-14 드림타워 제10층 1010호
전　화 070-4121-6304　　　　**팩　스** 02)332-6306
메　일 pacemaker386@gmail.com
블로그 http://blog.naver.com/asra21
포스트 http://post.naver.com/my.nhn?memberNo=6626924

출판등록 2011년 8월 30일(신고번호 제313-2011-244호)

종이책 ISBN 979-11-86273-35-7　　03810
전자책 ISBN 979-11-86273-36-4　　05810

저작권자 ⓒ 2017 이상, 김동인 외
COPYRIGHT ⓒ 2017 by Lee Sang, Kim Dong In et al
이 도서의 국립중앙도서관 출판시도서목록(CIP)은 서지정보유통지원시스템 홈페이지(http://seoji.nl.go.kr)와
국가자료공동목록시스템(http://www.nl.go.kr/kolisnet)에서 이용하실 수 있습니다.
(CIP제어번호: CIP2017012492)